Uwe Goeritz

In den finsteren Wäldern Sachsens

Bibliografische Information der Deutschen Nationalbibliothek:

Die Deutsche Nationalbibliothek verzeichnet diese Publikation in der Deutschen Nationalbibliografie; detaillierte bibliografische Daten sind im Internet über http://dnb.dnb.de abrufbar.

© 2014 Uwe Goeritz

Coverbild: Uwe Goeritz / Jana Goeritz

Herstellung und Verlag: BoD – Books on Demand, Norderstedt
ISBN: 978-3-7357-7982-3

Inhalt

In den finsteren Wäldern Sachsens 7
   Am Brunnen..8
   Die fränkischen Reiter 12
   Im dunklen Wald..16
   Auf dem Kirchacker..20
   Das Dorf der Zauberer 24
   Auf dem Weg der Krieger...28
   Der zerstörte Thing 32
   Ein aussichtsloser Kampf...36
   Begegnungen im Moor 40
   Ein kleines Glück?..44
   Im Garten des Klosters...48
   Ein grausamer Tag für die Sachsen 55
   Der Angriff der Walküren..59
   Eine nicht ganz freiwillige Taufe..63
   Der Hungeraufstand 67
   Die Rache eines Kriegers...71
   Ein neuer Gott..76
   Ein langer Zug..80
   Der Abt und der Dekan 84
   Gemeinsam kämpfen 88
   Ein neuer Kaiser...92
   Neue Nachbarn..96
   Frieden für alle? 100

In einem neuen Zuhause 104

In den finsteren Wäldern Sachsens

Aus dem Dunkel der Zeit erhob sich ein Volk um unter der Führung eines Kaisers in die Zukunft zu gehen. Am Anfang waren es viele Stämme unter vielen Göttern um am Ende geeint unter einem Gott ein Volk zu bilden.

Diese Geschichte spielt am Anfang dessen was wir heute Deutschland und das deutsche Volk nennen. Die handelnden Figuren sind zu großen Teilen frei erfunden aber die historischen Bezüge sind durch archäologische Ausgrabungen, Sagen und Überlieferungen belegt.

1. Kapitel

Am Brunnen

Es war ein schöner, warmer Vorfrühlingstag. Der Wind säuselte in den Bäumen und ein kleiner Junge, etwa zehn Jahre alt, saß an einem Brunnen und schnitzte eine Figur. Noch war nicht richtig zu erkennen was es werden sollte. Er hatte erst vor ein paar Minuten angefangen. Der Brunnen war abseits des kleinen Dorfes und lag auf einer Waldlichtung. In einiger Entfernung konnte der Junge die Häuser seines Dorfes sehen die hinter einer Hecke auf einer größeren Freifläche am Waldessrand lagen. Die Dächer waren mit Schilf aus dem nahen Moor gedeckt, sie leuchteten goldgelb wenn die Sonne darauf schien.

Sein Elternhaus war das, welches ihm am nächsten war. Es waren zehn lange Häuser, die Wohnhaus und Stall zugleich waren. Die Tiere wärmten im Winter auch gleich noch das Haus für die Menschen. In jedem Haus wohnte eine Familie. Durch die Hecke waren nur die Dächer der Häuser zu sehen. Der Brunnen, an dem der Junge lehnte, war aus Holz gebaut und etwa einen Meter hoch, ein kleines Dach schütze ihn vor von den Bäumen herabfallendem Laub. Die Bewohner des Dorfes gingen mehrmals täglich zu diesem Brunnen, meist früh oder abends. Jetzt um die Zeit, wenn die Sonne am höchsten Stand, war er hier an diesem Platz ungestört und konnte sich seiner Arbeit widmen. Der Junge hatte den Eimer, der immer dort zum Wasser schöpfen stand, umgedreht und sich darauf gesetzt.

Das kleine Messer, mit dem er jetzt gerade schnitzte, hatte er von seinem Onkel aus dem Nachbardorf geschenkt bekommen. Wann immer er Zeit hatte schnitzte er damit im Wald oder hier am Brunnen. Er war sehr begabt und hatte schon viele Tiere geschnitzt. In vielen Häusern des Dorfes wurden seine Schnitzereien von den Kindern als

Spielzeug verwendet. Seine Freunde im Dorf waren mächtig stolz wenn er ihnen ein Tier aus Holz schnitzte.

Jetzt konnte man schon deutlich sehen, dass es ein Tier mit vier Füßen sein sollte. Ein Pferd oder Hund, das Oberteil war noch nicht fertig und vielleicht hatte er auch noch gar nicht so weit gedacht was es werden soll. Er schaute auf und sah der schwarzen, großen Hund bei sich liegen. Dieser ruhte sich bei ihm im Gras aus, die beiden waren fast unzertrennlich. Nur wenn der Vater die beiden Schweine zur Futtersuche in den Wald trieb musste der Hund mit ran sonst konnte der Junge mit ihm spielen. Vom Dorf aus hörte er nun seine Mutter die ihn in das Dorf zurück rief, aber er wollte erst noch die Figur zu Ende schnitzen und versteckte sich darum hinter dem Brunnen. Er gab dem Hund ein Zeichen damit dieser leise sein würde und ihn nicht verrät.

Nach einer kurzen Weile, die Figur war doch ein Hund und nun fast fertig geschnitzt, hörte man das Geräusch von Pferdehufen, das wiehern von Pferden, lautes Schreien und Hundegebell aus dem Dorf. Vorsichtig schaute der Junge, den Hund fest am Halsband haltend, über den Rand des Brunnens. In das Dorf waren fränkische Reiter eingefallen die mit den Dorfbewohnern kämpften. Mit Speeren, Pfeilen und Schwertern kämpften sie vom Pferd aus gegen die zahlenmäßig unterlegenen und überraschten sächsischen Dorfbewohner. Durch die Hecke konnte der Junge nur die Reiter sehen und nicht die zu Fuß kämpfenden Sachsen.

Am Rande des Dorfes sah er einen Krieger auf einem Pferd der nicht bei dem Kampf mitmachte. Dieser ritt nun zu einem anderen, der vermutlich der Anführer der Krieger war, sie stritten kurz und der Reiter ritt aus dem Dorf heraus in den Wald zurück. Der andere kämpfte nun weiter als wollte er die, durch den Streit verlorene, Zeit wieder aufholen. Es dauerte nicht lange bis es im Dorf ruhig wurde. Die Reiter warfen nun Fackeln in die Häuser und ritten dann wieder aus dem Dorf heraus, in dem es nun merkwürdig still war. Nur das Knistern des Feuers war zu hören, kein Tier, kein Mensch, kein Laut. Selbst die Vögel im Wald rund um das Dorf waren verstummt.

Der Junge wartete noch eine kurze Zeit bis er sicher sein konnte das die Reiter nicht wieder zurück kommen würden und dann ging er mit dem Hund schnell in Richtung des Dorfes. Die Reiter hatten niemand im Dorf am Leben gelassen. Sein Elternhaus brannte schon und er konnte nicht mehr hinein. Er sah seine tote Mutter die ihn noch vor kurzem gerufen hatte und kniete sich neben sie. Er weinte bei ihr und machte sich vorwürfe, weil er nicht in das Dorf zurückgekommen war. Doch wenn er im Dorf gewesen wäre, so wäre er jetzt vermutlich tot wie alle anderen Bewohner die beim Angriff der fränkischen Reiter im Dorf waren. Mit einer schnellen Handbewegung wischte er sich die Tränen ab und dachte nach. Was sollte er nun tun? Sollte er hier warten bis jemand die Rauchsäule sieht und vorbei kommt? Dann müsste er aber bei all den Toten hier im Dorf, bei den brennenden Häusern bleiben. Das wollte er aber dann doch nicht. Sollte er nicht lieber aufbrechen?

Er schaute auf das Messer in seiner Hand, dass er eben noch zum schnitzen benutzt hatte, und wusste das er zu seinem Onkel in das Nachbardorf gehen muß. Das war ein halber Tagesmarsch und wenn er heute noch bei Tageslicht dort hinkommen wollte so musste er nun los. Er hatte schon viel zu lange durch sein Nachdenken gezögert.

Aus einem Haus, welches noch nicht brannte, holte er eine Tasche, etwas Brot und Wurst. Zusätzlich nahm er eine Trinkflasche mit die er noch am Brunnen füllen musste. Das alles steckte er nun in die Tasche und hing sich diese um. Er griff sich einen der Speere und band einen Strick um das Halsband des Hundes. Zusammen verließen sie schnell das Dorf, gingen zum Brunnen, tranken dort etwas Wasser und füllten die Flasche auf danach machten sie sich auf den Weg zum nahen Waldrand.

Der Wald stand dort wie eine dunkle Wand, nur an einigen Stellen waren Schneisen im Wald durch die sonst die Tiere zur Weide getrieben wurden. Durch eine davon gingen die beiden in den Wald, in Richtung Osten wo das Dorf seines Onkels lag.

2. Kapitel

Die fränkischen Reiter

Die Glocke in der kleinen, aus Holz gebauten, Kirche rief die Gläubigen gerade zum Gottesdienst. Die Sonne ging gerade unter und alle waren vom Feld zurück. Das kleine Dorf mit den zwanzig Häusern und etwa genau so vielen Ställen lag inmitten von Feldern auf denen gerade die ersten Spitzen des Getreides zu sehen waren. In einiger Entfernung lag ein größeres Waldstück, dass wie eine dunkle, wilde Mauer aus Bäumen und Unterholz da stand. Dort verlief die Grenze zwischen Fränkischem Reich und dem wilden, freien Land der Sachsen. Hier, auf der fränkischen Seite, waren Christen bei der Feldarbeit und dort jenseits des Waldrandes Vieh züchtende und jagende Sachsen als Anhänger ihrer alten Götter. Die Grenze war deutlich in die Landschaft gezogen. Zwar war auf ihrer Seite auch noch Wald, aber der war schon nicht mehr ganz so dich und undurchdringlich wie dieser Wald der Sachsen.

Eine kleine Familie, Mutter, Vater und drei Kinder, waren die letzten die noch zum Gottesdienst eilten. Die Mutter mit zwei kleinen Mädchen an der Hand lief voraus. Ein etwa zehn Jahre alter Junge trödelte etwas rum und der Vater trieb ihn zur Eile an. Sie wollten nicht zu spät kommen. Hinter sich schloss der Vater die Tür der Kirche und alle fünf setzten sich schnell in die letzte Reihe.

Wie jedes Mal begann der Pfarrer als erstes über die heidnischen Sachsen herzuziehen und diese zu verdammen für ihre Gläubigkeit zu ihren Göttern. Danach begann er den eigentlichen Gottesdienst in Latein, auch wenn außer ihm keiner verstand was er da so vorlas und erzählte. Der Gottesdienst endete mit dem Glockengeläut, so wie er begonnen hatte. Der Pfarrer ging dann zu der letzten Reihe und sah die Familie welche als letzte gekommen war strafend an, bevor er die Gemeinschaft wieder in ihre Häuser entließ.

Als sie aus der Kirche kamen sah der kleine Junge vom Waldrand Reiter kommen und machte seinen Vater darauf aufmerksam. Dieser schaute in die Richtung, er erkannte an den Fahnen und der Ausrüstung die diese Reiter trugen sofort das es fränkische Reiter waren die aus Sachsen zurück kamen. Sie hielten auf das Dorf zu und wollten dort vermutlich die Nacht verbringen.

Vor der kleinen Schänke saßen sie ab und brachten ihre Pferde in einen Stall der zur Schänke gehörte. Einige Dorfbewohner saßen schon in der Schänke und ein paar beeilten sich nach dem Gottesdienst um jetzt noch schnell dorthin zu gelangen. Die fremden Reiter hatten bestimmt viel zu erzählen. Auch der Vater des Jungen brach schnell zur Schänke auf, auch er wollte nichts von der Erzählung verpassen, und diese war bestimmt realistischer über das Leben in Sachsen als das, was der Pfarrer jedes Mal beim Gottesdienst erzählte.

Die Schänke lag in der Mitte des Dorfes. Ein großer verrauchter Raum mit einer niedrigen Holzdecke, von einigen Talglichtern und dem Feuer in der Ecke beleuchtet. Einige Tische mit Stühlen sowie an der Seite wo es keine Tische gab war der Schankraum nun gut gefüllt und alle lauschten den Erzählungen der Reiter von den dunklen Wäldern, den Bären, den Auerochsen und den Wölfen. Nur ab und zu unterbrach der Wirt oder einer der Krieger die Erzählung wenn neues Bier auf die Tische gebracht oder bestellt wurde.

Vor allem von ihren Nachbarn, den Sachsen wollten die Dorfbewohner etwas erfahren. Wer waren sie, wie lebten sie. Doch gerade darüber berichteten die Reiter nichts. Nach vielen Bieren und Wein lockerte sich dann bei einem Reiter doch noch die Zunge und er schilderte wie sie am Vortag ein Dorf zerstört und alle Bewohner getötet hatten. Augenblicklich war Ruhe in der Schänke. Der Anführer der Reiter griff sich den Mann am Kragen seines Hemdes und brachte ihn unsanft aus dem Raum. Nach kurzer Zeit kam der Anführer alleine zurück und beorderte alle seine Reiter in ihre Nachtlager. Auch die Dorfbewohner gingen nun wieder nach Hause, wo ein jeder von seiner Familie erwartet wurde damit er von den Schilderungen der Reiter erzählen sollte. Nur die Schilderung der furchtbaren Taten in dem sächsischen Dorf würden sie ihnen verschweigen.

Am nächsten Morgen nahmen die Reiter noch am Gottesdienst teil bevor sie in ihr Lager aufbrachen. Alle gingen danach ihrer täglichen Arbeit auf den Feldern und im Dorf nach bis zum Mittag auf einmal das Sturmläuten der Kirchenglocken zu hören war. Eine kleine Gruppe wilder Reiter kam aus dem Wald gejagt und diesmal waren es keine Fränkischen sondern Sächsische Reiter. Alle im Dorf rannten durcheinander, die Frauen liefen mit den Kindern in die Häuser während die Männer sich eiligst notdürftig bewaffneten und den Reitern entgegen eilten.

Diese waren schon sehr nah, so dass das Zusammentreffen unmittelbar vor dem Dorf stattfand. Vom Dach seines Elternhauses, auf das er geklettert war, konnte der kleine Junge alles genau sehen. Es war ein kurzer Kampf und die Sachsen siegten sehr schnell. Dann berieten sie sich ob sie auch das Dorf angreifen sollten doch ihr Anführer wies sie an wieder in den Wald zurück zu kehren. So schnell wie sie kamen, hatten sie gewonnen und verschwanden sie auch wieder im Wald.

Die Frauen liefen nun zu der Stelle des Kampfes und sahen, dass fast alle Männer des Dorfes Tod waren. Nur ein paar alte Männer, die nicht am Kampf teilgenommen hatten, waren verschont geblieben.

Einer von ihnen erzählte nun doch von dem Dorf der Sachsen und alle im Dorf verstanden den Angriff als Tat der Rache. Doch die Klage um die toten Männer war groß im Dorf. Fast jede Familie hatte einen Toten zu beklagen.

Noch am nächsten Tag sollte die Beerdigung neben der Kirche sein, dafür sollten die Toten von den Familien gewaschen und zurechtgemacht werden. Sie wurden noch in Tücher eingehüllt und danach zu der kleinen Kirche gebracht wo sie bis zum nächsten Morgen aufgebahrt wurden. Hinter der Kirche wurden die Gruben für die Beerdigung ausgehoben. Alle halfen dabei mit, bei der Beerdigung am Morgen sowie dem Gebet des Pfarrers schaute der kleine Junge in Richtung des Waldes aus dem die wilden Reiter gekommen waren und in den sie wieder verschwanden, nachdem sie seinen Vater und den Onkel getötet hatten die sie nun gerade beerdigten.

3. Kapitel

Im dunklen Wald

Der kleine Junge und sein Hund kamen nur schwer vorwärts. Sie waren zu spät aufgebrochen und würden es heute wohl nicht bis ins Nachbardorf schaffen. Die Nacht wollten sie aber auch nicht im Wald bleiben. Bei Tageslicht war es hier schon nicht so einfach sich zu Orientieren und nachts ohne Feuer konnten sie die wilden Tiere nicht abwehren. Weit hinter sich sah er die Rauchfahne seines Dorfes und seines bisherigen Lebens über die Baumwipfel aufsteigen. Auf dem halben Wege, das wusste er noch, lebte seine Tante Hildegund in einem Moor. Dorthin wollte er sich wenden doch er musste sich auch dort beeilen. Im dunklen konnte er nicht ins Moor hinein. Zu viele die vom Weg abkamen waren schon im Moor gestorben.

Die Bäume kamen nun immer enger zusammen. Der Pfad, den die Wildschweine ausgetreten hatten, war nun so schmal, dass der Hund vorn und der Junge hinterher gehen musste. Weiter vor sich sahen sie zwei Rehe aus dem Unterholz treten. Der Junge hielt den Hund, der sich auf die Rehe stürzen wollte, an der Leine zurück. Die Rehe erschraken, machten kehrt und verschwanden wieder im Unterholz. Sie hörten nur noch das knacken im Wald und der Hund beruhigte sich wieder.

Nun wurde es vorn etwas lichter. Der Wald öffnete sich zu einer großen Freifläche hin. Der Junge musste nun den Weg in das Moor finden. Er war ihn schon oft mit der Mutter gegangen wenn sie die Tante besuchten. Rechts und links gluckste das Wasser hervor wenn er einen Schritt machte. Auch seinem Hund war der Weg nicht geheuer. Vorsichtig schnüffelte er mal an einem Busch und mal an ein paar Schilfrohren. Langsam wanderte die Sonne über den Himmel und hier unten kamen die beiden auch gut voran.

Der Hund hatte nun Hildegunds Spur gefunden. Sie musste heute schon hier gewesen sein. In einiger Entfernung sah der Junge die Insel mit der kleinen Baumgruppe. Schnell, aber vorsichtig gingen die beiden auf diese Baumgruppe zu. Darunter, das wusste der Junge, stand die kleine Hütte seiner Tante.

Die Frau trat aus der Hütte, die einen etwas wackligen und verwitterten Eindruck machte, heraus und sah sich nach den zum trocknen aufgehängten Kräutern um. Diese waren zwischen den Bäumen hinter der Hütte auf Stricke gehängt. Ein paar Körbe mit Beeren und Pilzen standen dort ebenfalls. Diese hatte die Frau am Morgen gesammelt und nun wollte sie diese in die Hütte holen. In einiger Entfernung hörte sie einen Hund bellen und blickte in diese Richtung. Noch war nicht zu sehen deshalb ging sie dem Hund etwas entgegen. „Was macht ein Hund hier im Moor?" fragte sie sich leise und kurz darauf sah sie den großen Hund und dahinter ihren Neffen mit einem großen Speer in der Hand. „Da muss was passiert sein wenn er alleine kommt" dachte sie und ging ihm nun schneller entgegen.

Die Frau, die auf den Jungen zukam, war zwei Jahre älter als seine Mutter. Sie trug ein langes, schwarzes Kleid und die langen braunen Haare waren zu einem Zopf zusammengebunden. Er erzählte ihr schnell was im Dorf passiert war und sie umarmte ihn um ihn zu trösten. Der Hund setzte sich an die Seite und schaute zu den beiden auf. Alle drei gingen zu der Hütte und es wurde auch schon langsam dunkel.

Zum Abendessen gab es eine Suppe aus Wurzeln welche die Frau im Wald gesammelt hatte, die mit Beeren und Pilzen verfeinert war.

Für den Hund gab es einen Hasen, den die beiden auf ihren Weg durch den Wald gefangen hatten. Nach dem Abendessen machte Hildegund das Strohbett für den Jungen fertig und dieser schlief schnell ein. Der Hund legte sich zu ihm an das Bett.

Am nächsten Morgen, nach dem Frühstück, machten sich die drei auf den Weg durch den Wald. Zuvor hatte Hildegund die Runen befragt wie der Weg sein würde. Sie gingen durch das Moor und dann in den Wald. Als die Sonne hoch am Himmel stand erreichten sie das Nachbardorf. Es sah fast genauso aus wie das Dorf, aus dem der Junge am Vortag aufgebrochen war. Ihr Bruder kam auf Hildegund zu und diese schilderte schnell was der Junge ihr erzählt hatte. Dieser stand neben ihr mit dem Speer in der einen und dem Hund in der anderen Hand.

Sein Onkel strich ihm durchs Haar und sagte zu ihm "Thorsten nun bleibst du bei uns." Er führte die beiden und den Hund zu seinem Haus wo schon seine Frau auf sie wartete. Diese machte schnell etwas zu essen und Thorsten langte kräftig zu. Der Hund lag zusammengerollt unter dem Tisch und schlief sofort ein. Der Onkel und Hildegund sprachen miteinander, da sie sich nicht so oft sahen. Am nächsten Tag wollten sie bei Zeiten aufbrechen und die Toten Verwanden zu den Göttern senden. Dafür gab es noch einige Absprachen zu treffen und so verließen die beiden die Hütte um die Dorfbewohner zu informieren.

Als die Sonne aufging machten sich fast alle Bewohner des Dorfes zusammen mit Thorsten und Hildegund auf den Weg in das Nachbardorf. Sie hatten zwei Wagen dabei und kamen schnell voran. Im Dorf angekommen bereiteten die Männer das Feuer vor während die Frauen die Toten in mitgebrachte Tücher einwickelten. Thorsten nahm noch einmal Abschied von seiner Familie. Sein Onkel und Hildegund weihten nun den Platz und baten die Götter um ihre Mithilfe.

Die Männer legten die Toten auf den Holzstapel. Der Onkel bat die Götter für einen guten Übergang nach Walhalla zu sorgen und Thorsten legte eine brennende Fackel in den Holzstapel der sofort zu brennen begann. Das Knistern des Feuers lies Thorsten zusammenfahren und an den Angriff denken aber sein Onkel nahm ihn in dem Arm. Als die Flammen aus dem Holzstapel schlugen begannen mit einem mal viele Raben über dem Feuer zu kreisen. Sie drehten ein paar Runden im Rauch des Feuers und dann zogen sie nach Norden ab. Der Onkel zeigte auf die abfliegenden Vögel und sagte zu Thorsten: "Sie bringen die Seelen der Menschen nach Walhalla zu der Tafelrunde der Götter." Thorsten blickte ihnen lange nach.

Als das Feuer niedergebrannt war wurden noch die toten Tiere in einer Grube vergraben. Hildegund verabschiedete sich wieder in ihr Moor und ging los. Zwei Schweine, die überlebt hatten weil sie im Wald waren, wurden auf einen Wagen geladen und der Zug setzte sich für den Heimweg in Bewegung. Thorsten drehte sich noch einmal um und nahm Abschied von seinem alten Dorf, danach blickte er nach vorn aus dem Wagen heraus und begrüßte sein neues Leben in seinem neuen Dorf.

4. Kapitel

Auf dem Kirchacker

Matthias, so hieß der kleine Junge, saß am Grab seines Vaters, den sie am Tag zuvor hinter der kleinen Kirche beerdigt hatten. Er hatte eine kleine Figur, die er selbst geschnitzt hatte, dabei und ein paar Blumen. Beides legte er auf das Grab. Danach ließ er seinen Blick über das Dorf schweifen. Die Kirche stand am Rande des Dorfes, über das Dorf hinweg konnte er den dunklen Wald sehen aus dem die wilden Reiter der Sachsen gekommen und in den sie auch wieder verschwunden waren. Die Einwohner des Dorfes trauten sich nicht in diesen Wald. Zu dunkel und schreckenseinflößend lag er da. Das Dorf lag an einer Straße die mit kleinen Steinen befestigt war. Damit blieb sie auch im Regen befahrbar und wurde nicht zum Schlammweg wie die anderen Straßen und Wege des Dorfes. Er schaute nun die Straße entlang die sich fern am Horizont in einem kleinen Wäldchen verlor.

Von weitem sah er die Reiter wieder kommen die schon ein paar Tage zuvor in ihrem Dorf gewesen waren. Sie kamen nun aus der anderen Richtung. In der Mitte des Dorfes, bei der Schänke, saßen sie ab und erkundigten sich wie es allen geht sowie was passiert war. Matthias ging zu den Reitern und stellte sich hinter die Männer des Dorfes. Dort schaute er hervor und hörte zu. Zwei Reiter stiegen wieder aufs Pferd und ritten zurück um Meldung in ihrem Lager zu erstatten. Die anderen Reiter machten sich nun daran bei einigen liegen gebliebene Dingen im Dorf zu helfen. Es war auf den Feldern nicht viel zu tun aber im Herbst würden die Männer bei der Ernte bestimmt fehlen.

Am nächsten Tag saßen die Reiter wieder auf, alle bis auf einen. Thomas, es war derselbe der in der Schänke von dem Dorf erzählt hatte, wollte in dem Dorf bleiben. Er bat seinen Anführer bleiben zu dürfen und dieser stimmte, nach kurzem überlegen, zu. Also brachte Thomas sein Pferd in den Stall der Schänke und schaute dann den anderen Reitern nach, während diese das Dorf verließen. Matthias trat zu ihm und fragte ihn „Warum bleibst du im Dorf und folgst nicht den Reitern?". Im Moment musste er die Antwort schuldig bleiben und er antwortet „Ich weiß noch nicht wie es weiter gehen soll oder was ich machen werde.". Was sollte er einem Kind auch anderes sagen.

Thomas lehnte sich mit dem Rücken an eines der Häuser. Das war nicht seine Art von Krieg und er konnte es auch nicht mit seinem Glauben an den Gott vereinbaren, den er als gütig und helfend einschätzte. Konnte es in seinem Willen sein Frauen und Kinder zu töten? Er konnte Latein lesen, als einer der wenigen außerhalb der Kirche. Damals, als er noch ein Kind war, nicht viel älter als Matthias jetzt, war er in einem Kloster aufgewachsen und die Mönche hatten es ihm beigebracht. Er hatte die Bibel gelesen und wusste was darin steht. "Du sollst nicht töten." war einer der Leitsätze. Er hatte in dem Dorf zwar nicht mitgemacht, doch er hatte es auch nicht verhindern können.

Er ging einmal um das Dorf herum um sich alles genau anzusehen. Am Dorfrand traf er auf eine junge Frau. Ursula, die Mutter von Matthias, die ja nun seit einem Tag Witwe war. Beide fühlten sich sofort zueinander hingezogen und so fragte er sie ob er bei ihr bleiben könne. Sie stimmte, nach kurzem überlegen, zu und am nächsten Tag würden sie ihre Verbindung in der Kirche eintragen lassen. Somit hatte Matthias wieder einen Vater und das Haus einen Herrn.

Thomas führte sein Pferd aus dem Stall der Schänke in den Stall von Ursulas Haus. Seine Sachen, es waren nicht sehr viele nur das was er als Krieger immer bei sich hatte, brachte er in das Haus. Dort angekommen begrüßte er die Kinder die zuerst etwas auf Abstand gingen doch seine offene und freundliche Art führte dazu, dass sie sich ganz schnell verstanden und aneinander gewöhnten.

Im Dorf kehrte langsam die Normalität ein soweit dies möglich war. Die Männer fehlten natürlich bei allen schweren Arbeiten. Die Frauen mussten nun so viel wie möglich mit machen und Thomas packte, wo immer Hilfe gebraucht wurde, mit an. Im Dorf machte er sich damit für viele unentbehrlich nur mit dem Pfarrer verstand er sich nicht. Während er wusste wie es bei den Sachsen zuging und welche Verbrechen die fränkischen Reiter dort verübt hatten wollte der Pfarrer nichts davon wissen, sondern wollte sogar die Vergeltungsaktionen noch voran treiben. So kamen sie oft in ein Gespräch welches dann in einem Streit mündete.

Nach ein paar Tagen trafen einige Wagen mit Familien ein um den Platz der getöteten Dorfbewohner einzunehmen. Einige Männer waren auch dabei, für die Familien die nun ohne Oberhaupt dastanden. Trotz seines neuen Vaters ging Matthias immer noch regelmäßig auf den Kirchacker und ab und zu begleitete ihn Thomas dorthin. Dieser machte sich dabei immer wieder Vorwürfe weil er dachte, dass ihre Tat in dem sächsischen Dorf all das Leid über die Menschen in diesem Dorf gebracht hatte. Der Besuch am Grab erinnerte ihn nun jedes Mal daran, dass er nicht eingeschritten war und für ihn war es immer eine Art von Bußgang wenn er vom Dorf, an der Kirche vorbei, zu den Gräbern auf dem Kirchacker ging. Es war für ihn also immer ein Mahnmal seiner Schuld.

Durch sein Leben in dem Dorf und mit den Menschen hier versuchte er einen Teil dieser Schuld wieder gut zu machen. Mit Ursula und Matthias hatte er zwei Menschen direkt um sich an denen er für die Vergebung seiner Sünden Buße tun konnte.

Auch viele Monate nach seinem Umzug in das Dorf hatte Thomas immer noch die Bilder der getöteten sächsischen Dorfbewohner vor sich wenn er auf den Kirchacker ging und oft hatte er das Gefühl, sie würden ihn bis in die Träume verfolgen. Fast jede Nacht wachte er nach Albträumen auf und Ursula versuchte ihn jedes Mal zu beruhigen. Die Toten schauten ihn an und fragten ihn warum er nicht eingegriffen hatte, warum er sie sterben ließ. Es dauerte seine Zeit diese schrecklichen Eindrücke wieder los zu werden. Nach und nach wurden die Erinnerungen blasser aber vergessen würde er sie wohl nie können.

5. Kapitel

Das Dorf der Zauberer

Der Herbst war ins Land gekommen und die Blätter der Bäume hatten sich bunt verfärbt. Am Himmel zogen die Gänse lautstark schreiend in Richtung der immer schwächer werdenden Sonne ab. Thorsten lebte nun schon sechs Jahre im Dorf seines Onkels. In diesem Jahr sollte er in die Gruppe der Krieger aufgenommen werden. Sein Onkel hatte ihm alles beigebracht was man im Wald und beim Kampf brauchen konnte. Die Handhabung der Waffen, das Spuren lesen, an das Wild heranschleichen und jagen konnte er nun genauso gut wie alle anderen im Dorf nur begleiten durfte er die Krieger bisher nicht bei der Jagd oder beim Kampf.

Heute nun wurde der Thing, die Versammlung der Stämme, abgehalten und er sollte seinen, von ihm selbst geschnitzten, Anhänger in der Form von Thors Hammer feierlich überreicht bekommen. Er war schon ganz aufgeregt und in der letzten Nacht hatte er nicht schlafen können. Zu der Versammlung waren Abordnungen aller Stämme aus dem ganzen sächsischen Gebiet zwischen Nordsee, Harz, Rhein und Elbe hierher nach Marsberg in ihr Dorf gekommen. Einige blieben über Nacht in der nahen Eresburg viele aber hier im Dorf.

Er hatte am Abend mit Sachsen von der Nordsee gesprochen die ihm von dem großen weiten Meer berichteten auf das sie zum Fischen und über das sie mit ihren Booten zu einer Insel zum Handeln fuhren. Die meisten am Feuer waren Fischer aber es war auch ein Händler unter ihnen. Ein anderer Krieger an diesem Feuer, der von der Elbe kam, hatte ihm, weil sie sich gut unterhalten hatten, eine Bärenkralle geschenkt die er beim Kampf mit einem Bären im Harz erbeutet hatte. Thorsten wollte sich daraus einen Anhänger machen den er Gundula, der Tochter des Nachbarn, schenken wollte. Er hoffte sie damit zu beeindrucken und für sich zu gewinnen. Viel lieber wäre es ihm ja, wenn er selber so einen Bären erlegen könnte. Vielleicht später, wenn er mit den anderen Jägern aus dem Dorf mit zur Jagd durfte, dachte er sich.

Sein Onkel war mit einigen von den anderen Stammesführern schon am Morgen zum Thingplatz im Wald aufgebrochen. Sie würden den Platz vorbereiten und die Götter zu der Versammlung und der anschließenden Zeremonie einladen. Alle Abordnungen der Krieger würden dann später am Tag zusammen mit Thorsten und den anderen jungen Männern aufbrechen.

Die Frauen des Dorfes verabschiedeten die Krieger und diese machten sich auf den Weg zu der Waldlichtung mit den großen Eichen. In der Mitte der Lichtung stand ein einzelner Baum an dem schon viele Opfergaben für die Götter hingen, das war der Irminsul der den Weltenbaum, die Verbindung zwischen der Welt der Menschen und der der Götter, symbolisierte. Oben über der Lichtung und den Gipfeln der Bäume kreisten, als Boten der Götter und als Beobachter, die Raben.

Die Krieger standen am Rande der Lichtung im Kreis und die Stammesführer in der Mitte am Opferbaum. Es wurden allerlei Themen angesprochen und Streitigkeiten geklärt. Ein Stammesführer Namens Widukind hielt eine Rede in der er über die Kämpfe gegen die Franken berichtete und zur Geschlossenheit aller sächsischen Stämme aufrief. Alle Krieger stimmten ihm zu und wählten ihn zum Kriegerführer ihrer vereinigten Stämme. Am Schluss der Versammlung traten alle Jungen vor die dieses Jahr in den Kreis der Krieger aufgenommen werden sollen.

Auch Thorsten ging nach vorn und sein Onkel trat an ihn heran. Er hängte ihm den Anhänger um und überreichte Thorsten sein Sax, das kurze sächsische Schwert, das ihn nun für immer begleiten würde. Sein Onkel sagte zu ihm "Bei Thor, dessen Namen du in deinem Namen trägst, sei immer mutig und tapfer. Die Götter mögen immer mit dir sein." Dann schlug er ihm auf die Schulter so wie es Thorsten schon bei den anderen Kriegern gesehen hatte wenn sie sich gegenseitig begrüßten. Er gehörte jetzt dazu.

Im Zentrum der Lichtung, neben dem Opferbaum, wurde nun ein Feuer entzündet und alle Krieger setzten sich an dieses Feuer. Es wurde Metwein aus Trinkhörnern an alle verteilt. Es wurde gefeiert und getrunken bis zum Einbruch der Dunkelheit. Als das Feuer niedergebrannt war machten sich alle wieder auf den Weg zurück zum Dorf oder in die Burg. Da der Thingplatz an Thorstens Dorf lag waren auch die Bewohner des Dorfes für den Platz und die Opfergaben verantwortlich. Daher räumten sie den Platz noch für den nächsten Tag auf und legten Gaben für die Raben aus bevor auch sie sich auf den Weg ins Dorf machten. Thorsten betrachtete den Sax an seiner Seite und fühlte sich wie ein großer Krieger. Tapfer, mutig und stark so wie es die Götter von ihm erwarteten.

Am Morgen des darauffolgenden Tages machten sich wieder alle, diesmal zusammen, auf den Weg zum Thingplatz. An diesem Tag sollten, nun wieder nüchtern und noch einmal in der Nacht überschlafen, die Verträge und Absprachen die am Vortag getroffen waren für das nächste Jahr zwischen den Stämmen abgesprochen und per Handschlag besiegelt werden. Es wurden nur Dinge abgesprochen die alle Stämme oder die Beziehungen zwischen den Stämmen betrafen. Ein jeder Stamm führte später seinen eigenen Thing durch bei dem die zentralen Dinge, aber auch Stamminterne Absprachen, getroffen und bekannt gemacht wurden.

Am dritten Tag verabschiedeten sich alle wieder und brachen zu ihren Stämmen auf. Thorstens Stamm versammelte sich schon an diesem Tag und führte den Thing für den Stamm durch. Danach räumten alle gemeinsam den Thingplatz auf und kehrten zu ihrem Dorf zurück.

Thorsten hatte den Anhänger mit der Bärenkralle am Vorabend fertig gemacht sowie auf ein Band aus Leder gezogen. Bei seiner Rückkehr übergab er ihn an Gundula die sich überschwänglich bei ihm bedankte. An dem Leuchten in ihren Augen sah er, dass sein Geschenk genau das richtige für sie gewesen war. Damit kam er seinem Ziel bei ihr schon etwas näher. Als nächstes musste er nur noch seinen Onkel von seinen Plänen unterrichten, Gundula zur Frau zu nehmen, und dieser musste mit Gundulas Vater reden. Aber für ihn als neuer, junger und starker Krieger sollte das kein Problem sein. Lächelnd sah er Gundula nach die ihren Freundinnen stolz den neuen Anhänger zeigte und von diesen dafür bewundert wurde.

6. Kapitel

Auf dem Weg der Krieger

Der warme Sommerwind zog um das Dorf und die Halme des Getreides wogten sanft hin und her. Täglich gingen alle aus dem Dorf auf die Felder zur Ernte. Jede Hand wurde gebraucht. Selbst der Pfarrer stand mit auf dem Feld und lud die zusammengebundenen Bündel mit den Ähren auf den Wagen. Von Sonnenaufgang bis -untergang wurde gearbeitet und danach fielen alle ohne ein Wort auf ihre Schlafstelle um am nächsten Tage wieder aufs Feld zu ziehen. Es war eine schwere und mühsame Arbeit.

Matthias war nun siebzehn Jahre alt und in den letzten Jahren hatte Thomas ihm alles beigebracht was man als Krieger so wissen musste. Als Bauern waren sie zwar nicht zum Kriegsdienst verpflichtet aber sie mussten trotzdem jederzeit zu den Waffen greifen können. Zur Verteidigung des Dorfes war es besser wenn man sich zu verteidigen weiß. Der Schmied des Dorfes hatte Matthias ein Kettenhemd angepasst und auf der Wiese hinter dem Dorf hatten er mit Andreas Speerwerfen geübt.

Da Thomas ja immer noch, trotz seiner Arbeit als Bauer, ein Krieger war musste er sich immer bereit halten und konnte jederzeit wieder zu den Waffen gerufen werden. Beim nächsten Mal würde Matthias ihn dann begleiten. Das hatte er sowohl mit Andreas als auch mit seiner Mutter Ursula abgestimmt. Als nun der Bote kam um Thomas abzuholen sattelte auch Matthias sein Pferd und verabschiedete sich von seiner Mutter und seinen Schwestern. Dann brachen beide zum Sammelplatz des Heeres auf.

Im Lager angekommen brachte Thomas Matthias zu seiner Einheit wo er von den anderen erst mal argwöhnisch gemustert wurde. Die kleine Truppe war eine eingeschworene Einheit in der sich jeder auf jeden verlassen musste und konnte. Als Neuer musste er daher erst mal beweisen was er so drauf hat und dann würden sie ihn bestimmt akzeptieren. Die Abende am Feuer vertrieben sich die Krieger mit Würfelspielen und Erzählungen früherer Kämpfe. Dabei hörte Matthias sorgfältig und aufmerksam zu. Jede Information die er bekommen konnte war wichtig für den Fall das sie in Kämpfe kommen würden.

Nach ein paar Tagen im Lager musste das ganze Heer antreten. Der König wollte eine Ansprache halten. Er ritt auf einem weißen Pferd erst das Heer ab und stellte sich dann in der Mitte auf. Thomas, der neben Matthias stand, flüsterte ihm zu: "Das ist König Karl". Der König war besonders groß gewachsen und auf dem Pferd sah er noch größer aus. Er sagte zu dem Heer: "Wir werden in das Land der Sachsen aufbrechen und ihre falschen Götter stürzen. Nur unseren Gott und Jesus Christus sollen alle Menschen anbeten."

Nach der Rede gingen alle wieder zu ihren Zelten und packten ihre Sachen zusammen. Alles wurde auf den Tross in die Wagen verladen. Die Ausrüstung wurde angelegt und die Pferde gesattelt, danach brach das Heer auf. Als erstes ging es die breite Straße entlang die Matthias ja schon von ihrem Hinweg kannte. Am Nachmittag des zweiten Tages erreichten sie das Dorf in dem Matthias aufgewachsen war. Am Rand der Straße sah er seine Mutter mit den Schwestern stehen die an diesem Tag, genau wie der Rest der Dorfbewohner, nicht auf dem Feld arbeiteten. Alle wollten den König und das Heer sehen und ihnen zujubeln. Matthias wagte aber nicht seine Familie zu Grüßen, vor den anderen Kämpfern wollte er sich nicht blamieren und so schaute er nur zu ihnen hin und nickte leicht so als ob das Pferd eine unglückliche Bewegung gemacht hatte. Seine Mutter winkte ihm zurück und er musste vermeiden, dass er vor Verlegenheit rot im Gesicht wurde. Die anderen würden sonst Lachen. Thomas hatte da weniger Probleme, er winke und grüßte lachend die drei am Straßenrand stehenden Frauen.

Das Heer zog langsam durch das Dorf die Straße entlang und nach der kleinen Kirche schwenkten sie von der Straße ab und zogen dem dunklem Wald entgegen von dem Thomas schon viel erzählt hatte. Nicht lange und sie erreichten den Waldrand. Der vordere Teil des Heeres war schon im Wald verschwunden und nun kamen sie ebenfalls in den Wald. Sie ritten zügig voran und es war kein Sachse zu sehen. Nur der dunkle Wald mit den hohen Bäumen und dem dichten Unterholz rund um sie. Matthias hatte alle Mühe sein Pferd auf dem Weg zu halten.

In der Nacht rastete das ganze Heer, unter starker Bewachung, auf einer großen Lichtung im Wald. Zelte wurden keine aufgebaut aber es wurden viele Feuer rund um das Lager entfacht damit die wilden Tiere des Waldes und die Kämpfer der Sachsen fern blieben oder bei Zeiten erkannt werden konnten. Niemand legte seine Ausrüstung ab. Alle ruhten sich bewaffnet aus. Vom Schlafen konnte keine Rede sein, hier, mit dem Wald rund herum, bekam keiner ein Auge zu. Nicht einmal die härtesten Kämpfer, obwohl sie das nie zugeben würden. Nach Sonnenaufgang machten sie sich wieder geordnet auf den Weg durch den Wald.

"Das war er nun, der Weg des Kriegers" dachte sich Matthias. Ständige Angst zu versagen oder nicht im richtigen Moment das richtige zu tun. Thomas sah die Fragen in Matthias Gesicht und versuchte ihm Mut zu machen ohne dass es die anderen Krieger bemerkten. Nicht immer würde es so sein und er verwies ihn auf die anderen, denen es nicht viel anders als Matthias ging. Sie konnten es nur durch ihre Erfahrung besser überspielen. Die Angst war aber immer da. Thomas sagte "Die Angst hilft dir zu überleben. Sie macht dich vorsichtig. Nur Verrückte haben keine Angst. Wichtig ist, das du die Angst im Griff hast und nicht sie dich." Matthias nickte und verstand was er meinte.

Der Weg war an manchen Stellen gerade einmal so breit, dass ein Wagen dort fahren konnte. Links und rechts fühlte man sich ständig beobachtet. In diesem Wald konnten tausende Kämpfer stecken und man würde sie erst sehen wenn sie schon direkt vor einem standen.

In den Augen der anderen Kämpfer sah er, dass diese von derselben Angst befallen waren. Nach allen Seiten schauend zog die lange Reihe durch den Wald. Nur der Wind in den Bäumen sowie ab und zu der Ruf eines Tieres waren zu hören. Keiner der Männer sprach, die Angst war fast körperlich greifbar aber Matthias stellte sich ihr.

7. Kapitel

Der zerstörte Thing

Es war jetzt fast ein Jahr her, dass Thorsten in die Reihen der Krieger aufgenommen worden war. Nun ging er mit seinem Onkel und ein paar anderen Kriegern aus dem Dorf wieder zum Thingplatz. Sie wollten ein Opfer darbringen und den Platz für die jährliche Versammlung vorbereiten sowie aufräumen. Es war ein schöner Sommertag des Jahres 772 und die Sonne schien ganz warm selbst hier im Wald durch die Blätter der Bäume hindurch. Sie zogen schweigend auf dem Weg durch den Wald und es war nicht mehr weit.

Am Ende des Weges tat sich vor ihnen die große Lichtung auf mit dem Baum in der Mitte die er ja schon kannte. Sein Onkel trat auf den Opferbaum zu während die anderen aus der Gruppe am Rande der Lichtung stehen blieben. Erst mussten die Götter besänftigt und um ihre Wünsche gebeten werden. Zwei der Krieger holten trockenes Holz aus dem Wald und brachten es zur Mitte. Dann entzündete sein Onkel das große Opferfeuer und legte Kräuter für das Rauchopfer hinein. Der Duft dieser Kräuter zog am Baum in kleinen Spiralen nach oben. Dort kreisten wieder die Raben, diesmal aber viel mehr als sonst. Der ganze Himmel schien schwarz zu sein von den Vögeln die krächzend über den Köpfen der Krieger ihre Kreise zogen.

Am gegenüberliegenden Waldrand tauchten mit einem mal hunderte fränkische Krieger auf, auch hinter sich sah Thorsten jetzt die Krieger. Sie waren von den fränkischen Kämpfern eingekreist. Mehrere Reiter kamen auf die Lichtung geritten. Ein besonders großer Reiter führte sie an und dann wies er seine Krieger an den Opferbaum zu fällen. Thorsten zog seinen Sax und stürzte nach vorn um dies zu verhindern doch zwei fränkische Krieger fingen ihn ab, drückten ihn zu Boden und hielten ihn fest. So musste er nun, am Boden liegend, zusehen wie drei Krieger ihre Äxte vom Gürtel nahmen und den heiligen Baum zu Fall brachten. Dann ritten die Reiter von der Lichtung und die Krieger wälzten den Baum in das Opferfeuer. Als der Baum verbrannt war zogen sich die fränkischen Krieger von der Lichtung in den Wald zurück. Thorsten wurde wieder losgelassen, er schaute die fränkischen Krieger zornig an.

Der Thing, als zentraler Versammlungsort seit hunderten von Jahren, war durch diese Tat entweiht und zerstört worden. So konnte die Versammlung der Stämme hier nicht mehr zusammen kommen. Die Krieger gingen zornig wieder in ihr Dorf zurück. Dort angekommen erhielt Thorsten von seinem Onkel den Auftrag, zum Lager ihres militärischen Führers Widukind zu reiten und ihn von dem Vorfall am Thing zu berichten.

Er nahm sich das schnellste Pferd aus dem Stall seines Onkels und ritt sofort los. Er ritt ohne Pause und nach einem Tag erreichte er das Lager. Thorsten trat vor Widukind und schilderte seine Erlebnisse am Thingplatz. Widukind sagte: "Karl ist zu weit gegangen. Das bedeutet Krieg. Ruft alle Krieger zusammen sie sollen sich hier in meinem Lager versammeln."

In alle Richtungen ritten die Krieger Widukinds los um die Nachricht zu überbringen und alle Krieger zusammenzurufen. Thorsten ritt zu seinem Onkel zurück und informierte unterwegs alle Dörfer durch die er kam. Im Dorf angekommen berichtete er und sein Onkel ließ alle Krieger zusammen kommen. Sie bereiteten ihre Ausrüstung vor und nach kurzer Zeit wurden die Pferde gesattelt.

Alle verabschiedeten sich von ihren Familien und Thorsten sich von Gundula. Im Herbst sollten die beiden zusammen ziehen und eine

Familie gründen. Der Angriff der Franken verschob das nun erst mal etwas. Er sah die Angst in ihren Augen und sagte zu ihr "Ich komme zurück zu dir bald haben wir gesiegt. Die Götter stehen uns bei. Thor ist an unserer Seite und wird sie zerschmettern." Dann saß er auf sein Pferd auf und nahm den Speer zur Hand den er an die Hütte des Onkels gelehnt hatte. Gundula reichte ihm den Schild und dann schloss er sich den Reitern an, die schon am anderen Ende des Dorfes versammelt waren.

Sie ritten zügig zum Sammelpunkt an dem Widukind sie erwarten würde. Dieser hatte die Externsteine, einen uralten Kultplatz, als Treffpunkt für die Krieger festgelegt. Am Fuße der Felsen hatten sie ein Lager aufgebaut und bereits einen Opferplatz für die Gaben an die Götter eingerichtet. Dort waren schon viele Kämpfer versammelt und Thorsten traf dort auch den Krieger von der Elbe wieder der ihm im letzten Jahr die Bärenkralle geschenkt hatte. Sie begrüßten sich mit Handschlag und Siegbert, so hieß der Krieger, frage ob Gundula der Anhänger gefallen hatte, was Thorsten bejahen konnte. Nach einem kurzen Gespräch trennten sie sich wieder. Immer mehr sächsische Krieger trafen ein und es wurde langsam dunkel. Ein großes Feuer wurde angezündet und einige opferten noch an die Götter für einen guten Ausgang der Schlacht die nun kommen würde.

Widukind rief alle Krieger zusammen. Er stellt sich auf einen erhöhten Punkt und schilderte die Taten der Franken. Er rief dazu Thorstens Onkel nach vorn der weitere Schilderungen zum Geschehen am Thing abgab. Am Ende der Rede zog Widukind sein Schwert, hielt es hoch über seinen Kopf und rief: "Wir werden es diesen fränkischen Eindringlingen zeigen und sie überall bekämpfen. Wir werden sie aus unserem Wald verjagen." Die Krieger jubelten ihm zu.

Nach der Rede verteilten sich alle Kämpfer wieder an die Feuer und Widukind schickte Reiter aus, die ihm berichten sollten wo sich das fränkische Heer nun befand. Es wurden Wachen aufgestellt und Thorsten setzte sich an das Feuer seines Onkels. Dieser sah sehr wohl das Thorsten noch nicht die Erfahrung hatte wie die anderen Kämpfer aber er wusste auch, dass er sich bewähren würde käme die Zeit zum handeln. An allen Feuern wurde über die Rede Widukinds diskutiert, es wurden Schwerter geschliffen und die Ausrüstung wurde noch einmal überprüft. Spät in der Nacht versuchten dann alle noch etwas zur Ruhe zu kommen. Den Wenigsten gelang das wirklich. Auch Thorsten ging noch mal zu den Pferden die auf einer Weide in der Dunkelheit grasten.

Bei seinem Pferd angekommen streichelte er ihm über den Kopf und fuhr ihm durch die Mähne. Das Pferd legte seinen Kopf auf Thorstens Schulter und die beiden blieben eine ganze Weile regungslos so da stehen. Thorsten klopfte ihm noch einmal auf den Hals und das Pferd antwortete mit einem leisen wiehern auf die Berührung. Danach trennten sie sich und Thorsten versuchte am Feuer seines Onkels noch etwas zu ruhen. Sein Onkel bemerkte wie er ab und zu am Feuer einnickte und schickte ihn dann zu den anderen um sich richtig auszuruhen. Langsam kehrte Ruhe in das Lager ein nur ab und zu hörte man das leise wiehern eines Pferdes oder den Ruf eines Käuzchens. Bei diesem Ruf zuckten manche der Krieger zusammen. Das Käuzchen war als Todesbote bekannt und sein Ruf konnte nichts Gutes bedeuten.

8. Kapitel

Ein aussichtsloser Kampf

Widukind hatte sich dazu entschlossen dem fränkischen Heer in einer offenen Feldschlacht entgegenzutreten. Bisher hatten die Sachsen immer nur in kleinen Gruppen und hinter dem Rücken der Franken angegriffen. Viele Kämpfer waren bei Widukind eingetroffen doch allen fehlte die Übung im gemeinsamen Kampf Seite an Seite. Während die Späher der Sachsen das fränkische Heer suchten sollten alle noch etwas üben und den Zusammenhalt aufrecht halten.

Als Einzelkämpfer konnte es niemand mit dem Mut und der Entschlossenheit der Sachsen aufnehmen doch im Handel als Heer waren sie ungeübt. Das Reiten in Formation, das Halten der Linie und das Durchbrechen der feindlichen Reihen wollte nicht so richtig klappen. Drei Tage übten sie nun schon das Halten der Formation. Ab und zu schrie Widukind sie an weil wieder einer ausscherte und alles durcheinander brachte. Am vierten Tag nun klappte es ganz passabel.

Am Abend dieses Tages kamen die Melder wieder zurück. Sie hatten das Heer gefunden, das auf einer großen Freifläche vor dem Wald in etwa der Entfernung eines Tagesrittes lagerte. Widukind ließ noch einmal eine Opferzeremonie vorbereiten und alle Kämpfer baten ihre Götter um Unterstützung damit sie siegen würden. Nach der Nacht, bei Sonnenaufgang, würden sie aufbrechen.

Matthias war nun schon eine Weile beim Heer aber bis auf das eine Mal an dem Opferbaum hatte er noch keinen Sachsen gesehen. Ein Teil des Heeres hatte eine sächsische Burg eingenommen doch ihre Hälfte lagerte nun schon ein paar Tage auf dieser Freifläche. Nichts passierte, immer nur warten. Sollte das der Krieg gegen die Sachsen sein? Thomas beobachtete immer wieder den Waldrand und sagte "Wir werden ständig beobachtet. Die Sachsen sind dort im Wald. Ich kann sie spüren." Matthias konnte das nicht glauben doch er vertraute der Intuition des älteren und erfahrenen Kämpfers. Alle im Lager hielten nun die Waffen ständig griffbereit.

Thorsten ritt mit seinem Onkel in der Mitte des Zuges. Etwas ungeordnet waren die Sachsen beim Marsch und er hoffte, dass es beim Kampf besser klappen würde als hier im Wald. In der Nacht lagerten sie in unmittelbarer Nähe des fränkischen Heeres. Durch die Bäume konnten sie die Feuer der Franken sehen. Sie selbst hatten keine angezündet um sich nicht zu verraten. Als sie am nächsten Morgen den Waldrand erreichten sahen sie, dass die Franken zahlenmäßig viel stärker waren, doch nun war es für einen Rückzug zu spät. Die Franken waren offenbar schon vorbereitet denn das Heer formatierte sich bereits. Die Überraschung, auf die Widukind gesetzt hatte, war also gescheitert. Bisher hatte noch nichts von Widukinds Plan geklappt. Thorsten dachte an den warnenden Ruf des Käuzchens zurück und griff an seinen Anhänger um die Götter um Beistand zu bitten.

Thomas hatte noch vor Sonnenaufgang alle im Lager mobil gemacht. Schnell und leise gingen alle im Lager mit der notwendigen Routine zu Werke. Matthias wunderte sich jedes Mal, dass sich alle so ohne ein Wort verstanden. Die langen Kämpfe hatte die kleine Truppe gut zusammen wachsen lassen und jeder kannte die guten und schlechten Seiten eines jeden anderen. Als sie ihre Pferde gerade sattelten sahen sie die Sachsen am Waldrand aufmarschieren. Thomas hatte seine Ahnung also nicht getäuscht staunte Matthias. Er brachte sein Pferd neben seinen Freund und alle formatierten sich. Nun standen sich die beiden Heere erstmals auf dem Feld gegenüber.

Widukind bemerkte, dass seine Überraschung nicht funktioniert hatte und tat das einzige was ihm noch möglich war, er befahl den Angriff. Mit gezogenem Schwert sowie Schild und Speer ritten sie in Formation los. Die Reihe hielt mehr recht als schlecht. In der Mitte ritten Thorsten, sein Onkel und an ihrer Seite Siegbert, der eine große Axt dabei hatte und diese wild über seinem Kopf schwang.

Das fränkische Heer stürmte den Sachsen entgegen nur noch ein paar Meter und beide Heere würden sich in der Mitte der Freifläche treffen. Sie würden als gepanzerte Front aus Schildern und Speeren zusammenprallen. Matthias schloss kurz die Augen und betete. Dann riss er die Augen wieder auf, unmittelbar danach prallten Pferde und Krieger aufeinander. Die fränkische Formation hielt, die sächsische zerbrach bei Zusammenstoß. Viele Reiter auf beiden Seiten fielen tot oder schwer verwundet vom Pferd. In den nun folgenden Einzelkämpfen waren die Sachsen besser aber zahlenmäßig hoffnungslos unterlegen.

Widukind brach den Angriff nach schweren Verlusten ab. Viele sächsische Kämpfer waren tot oder verletzt. Thorsten hatte einen Schwerthieb am Arm erhalten den er noch kurz mit dem Schild ablenken konnte. Vollkommen aufgelöst zerstreute sich die Sächsische Formation und zog sich in kleinen Gruppen in den Wald zurück.

Siegbert blieb bei Thorsten und half ihm trotz der Verletzung auf dem Pferd zu bleiben. Er hatte seine Axt im Kampf verloren und war nun vollkommen unbewaffnet. Zu zweit schlugen sie sich durch den Wald. Die Gegend kannte Thorsten gut, Siegbert, der von weit her gekommen war, kannte sich hier nicht aus. Siegbert hatte ihm ein Tuch um den Arm gebunden um das Blut zu stillen das aus der klaffenden Wunde lief. Wenn er das Schild nicht im letzten Moment hochgerissen hätte. Wer weiß ob er dann noch am Leben wäre.

Das fränkische Her hatte gesiegt und brach die Verfolgung der sächsischen Reiter am Waldrand ab. Thomas und Matthias waren unverletzt geblieben und Matthias hatte noch lange nach dem Kampf zitternde Knie, doch er hatte sich im Kampf bewährt. Thomas hatte ihm anerkennend auf die Schulter geklopft, doch er wollte ihm lieber nicht sagen, dass er kurz vor dem Zusammentreffen der Heere die Augen geschlossen hatte.

Nach der Schlacht sammelten sie die Toten ein und nahmen auch viele verletzte Sachsen gefangen. Diese und die eigenen Verletzten brachten sie an einen zentralen Punkt an dem die Bader, meist heilkundige Mönche, sich um diese kümmern konnten. Das war nun Matthias erster Kampf gewesen und er war froh noch am Leben zu sein. Am Abend am Feuer versammelte sich die kleine Truppe um Thomas. Sie ließen die Becher kreisen und stießen auf ihren Sieg an. Matthias war nun in den Kreis der Krieger aufgenommen und allen klopften ihm auf die Schulter oder schüttelten seine Hand. Für ihn war es eine große Ehre so durch die erfahreneren Kämpfer aufgenommen zu werden und sie hatten nun auch Vertrauen in seine Fähigkeiten.

9. Kapitel

Begegnungen im Moor

Nach der Niederlage in der Schlacht waren Siegbert und Thorsten einen Tag und eine Nacht durch den Wald geritten. Siegbert hatte Thorstens Arm notdürftig verbunden und stützte ihn ab und zu. Thorsten kannte sich hier im Wald recht gut aus. Thorsten wusste, das er nur zu Hildegund konnte die ja ganz in der Nähe lebte. Sie warteten am Waldrand den Sonnenaufgang ab und begaben sich dann in das Hochmoor hinein. Diesmal kamen sie von der anderen Seite des Moores die Thorsten nicht so gut kannte. Zu allem Unglück zog nun auch noch dichter Nebel in Schwaden auf und sie irrten im Moor umher. Die Pferde liefen sehr unsicher hier und der Weg im Moor war sehr schmal. Keiner von beiden wollte hier im Moor sterben wie es, nach alten Erzählungen, schon vielen vor ihnen passiert war. Nach einer Weile sah Thorsten, als sich der Nebel kurz lichtete, die kleine wohlbekannte Baumgruppe in der er Hildegunds Haus wusste.

Hildegund trat gerade aus ihrem Haus. Heute war der Nebel besonders dicht. Nur ab und zu lichtete er sich kurz um danach sofort wieder wie ein Schleier auf das Moor herabzufallen. Sie hatte gestern wieder die Runen befragt und diese hatten ihr erzählt wie es im Krieg gegen die Franken so steht, doch sie hätte gern einen Bericht aus erster Hand gehabt. Schon lange hatte sich niemand mehr bei ihr sehen lassen. Aus dem Nebel hörte sie ein Pferd wiehern und schaute sich um. Wer würde denn bei so einem Nebel in das Moor reiten? fragte sie sich. Vorsichtig ging sie dem Pferd entgegen. Auch im Nebel wusste sie genau wo der Weg war und wo das Moor begann. Nach einer kurzen Strecke sah sie zwei Pferde vor sich. Auf einem saß ein Reiter auf dem anderen hing ein zweiter über den Kopf des Pferdes und versuchte sich im Sattel zu halten. Offenbar war er verletzt.

Siegbert sah aus dem Nebel eine Gestalt vor sich auftauchen. Sein Pferd schreckte kurz auf. Thorsten, durch das wiehern aufmerksam geworden, schaute nach vorn und erkannte seine Tante. In diesem Moment kippte er vom Pferd zur Seite weg. Er hatte sehr viel Blut verloren. Siegbert versuchte ihn noch abzufangen doch er konnte ihn nicht festhalten. Hildegund war schneller und fing ihn auf bevor er auf den Boden oder in das Moor fiel. Sie erkannte ihren Neffen wieder auch wenn sie sich schon ein paar Jahre nicht mehr gesehen hatten. Siegbert saß vom Pferd ab und zusammen trugen sie Thorsten die kurze Strecke bis zur Hütte. Die Pferde liefen von alleine hinterher, sorgsam nach den beiden Seiten des Weges schauend, wo das Wasser unter dem Gras und Schilf hervor gluckste.

In der Hütte angekommen legten sie Thorsten auf das Bett und Hildegund verließ noch einmal die Hütte um die notwendigen Kräuter zu holen. Sie bereitete den Verband vor und legte ihn vorsichtig um Thorstens Arm. Vor Erschöpfung schlief Thorsten sofort ein. Hildegund machte noch das Essen für Siegbert fertig, der kräftig zulangte. Bei dem Ritt durch den Wald waren sie nicht dazu gekommen etwas zu essen zu suchen.

Abwechselnd kümmern sich Hildegund und Siegbert um Thorsten. Regelmäßig wechselten sie den Verband. Nach zwei Tagen war er so weit gesundet das die beiden ihn einen Tag alleine lassen konnten. Siegbert wollte wieder nach Hause und Hildegund würde ihm den Weg zeigen. Beide verabschiedeten sich von Thorsten der danach sofort wieder einschlief. Hildegund nahm Thorstens Pferd am Zügel und zusammen brachen sie auf durch das Moor.

Als sie den Waldrand erreicht hatten saßen sie auf und ritten schnell auf dem Weg zu dem Dorf. Als sie das Dorf erreichten wurden sie von den Bewohnern begrüßt. Siegbert nahm etwas Verpflegung mit. Vom Dorf aus kannte er den Weg nach Hause. Diesen war er ja auch im letzten Jahr nach dem Thing geritten. Er bedankte sich bei Hildegund und verabschiedete sich von ihr, danach ritt er los.

Hildegund ging zu Gundulas Haus und erzählte ihr, dass Thorsten verletzt in ihrer Hütte lag und bat sie mit zu ihr ins Moor zu kommen damit sie sich beide um ihn kümmern konnten. Gundula sagte sofort zu, packte ein paar Sachen ein und verabschiedete sich von ihrer Mutter. Zusammen ritten die beiden den Weg zurück zu der kleinen Hütte im Moor. Thorsten war noch sehr schwach. Durch die Verletzung bekam er auch noch Fieber. Gundula und Hildegund kümmerten sich abwechselnd um ihn. Hildegund zeigte ihr welche Kräuter sie verwenden sollte und wie sie diese vorbereiten müsse.

Gundula war eine sehr gute Schülerin und lernte schnell wie und was sie tun musste. Es dauerte dennoch zwei Wochen bis Thorsten wieder bei Kräften war. Zwischendurch erzählte er Hildegund von dem schrecklichen Kampf, der Niederlage der Sachsen und das ihr Bruder, sein Onkel, verletzt den Franken in die Hände gefallen war. Gundula hörte aufmerksam zu, von einigen durchziehenden Reitern hatte sie schon ein paar Dinge erfahren und wann immer sie etwas zu berichten hatte beteiligte sie sich an dem Gespräch.

Hildegund verabschiedete die beiden an ihre Hütte und dann führte sie ihre Pferde am Zügel aus dem Moor zum nahen Waldrand. Jetzt wo sie beide alleine waren fragte Thorsten ob sie nicht endlich zusammenziehen wollten. Gundula stimmte freudig zu und so ging der ritt in ihr Dorf nur noch viel schneller von sich.

Ein paar Tage nachdem die beiden Hildegund verlassen hatten tauchten wieder Reiter im Moor auf. Es waren diesmal aber fränkische die in den Wäldern nach versprengten sächsischen Kämpfern suchten. An der Hütte angekommen trafen sie auf Hildegund die sie, wegen all der Kräuter und magischen Symbole an der Hütte, für eine heidnische Zauberin hielten. Was ja durchaus den Tatsachen entsprach. Hildegund durfte sich ein paar Sachen zusammenpacken die sie schnell in eine Tasche steckte. Dann banden ihr die Reiter die Hände zusammen und sie wurde mit einem langen Seil an das Pferd eines der Männer gebunden.

Sie warf noch einmal eine Blick auf ihr Haus und ihr Moor als sie durch das losreiten des Pferdes nach vorn gerissen wurde. Schnell lief sie hinter dem Reiter her. Hinter ihr ritten noch zwei Krieger die aufpassten, dass sie sich nicht befreien konnte. So ging es für sie aus dem Moor heraus ohne das sie wusste wohin die Reise gehen würde.

10. Kapitel

Ein kleines Glück?

Nach dem Gundula und Thorsten wieder im Dorf angekommen waren gingen sie beide sofort zu Gundulas Vater. Da Thorstens Onkel noch von den Franken gefangen gehalten wurde sprach er einfach mit dem Vater. Dieser war als einer der wenigen Männer im Dorf geblieben weil er einen steifen Arm hatte. Diese Verletzung hatte er sich bei einem Unfall im Wald zugezogen als ein fallender Baum zurücksprang und seinen Arm traf. Nach kurzem überlegen sagte er zu und Thorsten holte seine Gundula zusammen mit ihren Sachen noch am selben Abend in sein Haus.

Seine Tante begrüßte Gundula herzlich. Da sie schon immer Nachbarn waren kannten sich die beiden gut. Sie hatten schon oft zusammen gearbeitet und verstanden sich auch sonst sehr gut. Am Abend setzten sich alle an den gedeckten Tisch und die Tante wollte von Thorsten wissen wie es im Kampf gewesen war und was er von seinem Onkel wisse. Er schilderte alle seine Erlebnisse bis zu seiner Verwundung und der Flucht aber von seinem Onkel wusste er nur das dieser verwundet vom Pferd gefallen war und vermutlich von den Franken gefangen genommen war, da er sich bis jetzt nicht gemeldet hatte. Nach dem Essen gingen alle ins Bett und Gundula war ganz zufrieden mit dem Ausgang des Tages.

Wenn sich Thorsten wieder erholt hatte würde er wieder zu den Kämpfern Widukinds gehen. Hier im Hinterland waren jetzt ab und zu fränkische Reiter zu sehen, die nach sächsischen Kämpfern in den Dörfern suchten. Er wollte sich nicht gefangen nehmen lassen. So lange es ging würde er hier bei Gundula im Dorf bleiben und versuchen etwas Normalität zu erreichen. Im Dorf gab es nur noch wenige

Männer. Alle mussten mit anpacken aber der Großteil der Arbeit blieb an den Frauen des Dorfes hängen.

Thorsten musste nun immer gut aufpassen nicht von Fremden gesehen zu werden. Im Dorf wurde eine Art von Warndienst eingerichtet und wann immer sich Reiter näherten verschwand Thorsten in einem der Häuser. Somit hatten Gundula und Thorsten wenigstens ein kleines bisschen normales Leben. In der Nacht waren sie dann sicher. Kein fränkischer Kämpfer traute sich in der Dunkelheit in den Wald.

Die Zeit ging ins Land und ein Monat war schnell um. Nun würde sich Thorsten wieder den Kämpfern Widukinds anschließen. Er hatte sich schon informiert wo er die Kämpfer treffen würde und nun kam die Zeit sich von Gundula zu verabschieden. Leicht fiel ihm das nicht aber das ständige verstecken zermürbte beide. Er versprach ihr gut auf sich aufzupassen und zurück zu ihr zu kommen. Dann ritt er zum Sammelpunkt, wo er einen Melder treffen sollte, der ihn zum Lager bringen würde.

Die sächsischen Kämpfer hatten sich nach der Niederlage in der Schlacht wieder darauf besonnen in kleinen Gruppen die Flanke und den Rücken des Heeres der Franken anzugreifen und ihnen keine Ruhe zu lassen. Auf diese Art mussten immer viele fränkische Kämpfer durch das ganze Land reiten und ständig aufpassen nicht überfallen zu werden. Diese Zermürbungstaktik funktionierte recht gut.

Im Lager der Sachsen traf Thorsten auf eine kleine Gruppe von wild aussehenden Kriegern. Sie kamen aus dem hohen Norden und nannten sich Berserker. Ihren Anführer nannten sie wegen seiner Bärenkräfte Dux Bellorum. Diese tapferen Männer warfen sich bei allen Kämpfen nach vorn und wenn Widukind sie erst einmal losgeschickt hatte kamen sie erst zurück wenn sie gewonnen hatten. Diese kleine

Gruppe war bei den Franken besonders gefürchtet. Thorsten freundete sich mit ihnen an und sie zeigten ihm ihre Narben die sie aus unzähligen Kämpfen davongetragen hatten.

Abends am Feuer waren ihre Geschichten bei vielen Sachsen sehr beliebt und es war kaum ein Platz zum Zuhören zu bekommen. Thorsten durfte aber immer ganz vorn sitzen. Sie erzählten von ihren Kampfvorbereitungen und wie sie sich mit Gesängen und Tränke in Kampfstimmung versetzten. Dadurch wurden sie praktisch unüberwindbar. Auch ihre Waffen, meist riesige Äxte, zeigten sie gern vor. Schilder und Rüstungen brauchten sie nicht. Ein einfacher Bärenpelz als Bekleidung reichte ihnen aus.

In kleinen Gruppen ritten die Sachsen nun durch das Land. Sie überfielen fränkische Boten sowie den Tross wo immer sie auf ihn trafen. Diese kleinen Angriffe reizten den König Karl so sehr, das er aus allen sächsischen Dörfern Geiseln nahm. Meist waren es entweder verletzte Kämpfer oder alte Männer die in den Dörfern zurück geblieben waren. Er hatte schon mehrere tausend dieser Geiseln in seinem Lager versammelt und versuchte von ihnen die Aufenthaltsorte der Kämpfer zu erfahren, doch keiner von ihnen verriet etwas.

Wenn Thorsten mit seiner Gruppe in der Nähe seines Dorfes war besuchte er natürlich Gundula. Meist waren es nur kurze Besuche, er wollte sich ja nicht fangen lassen und dann selber zur Geisel werden. Seinen Onkel hatten die Franken ja schon seit der Schlacht. Die Frauen in den sächsischen Dörfern mussten nun oft selber sehen wie sie klar kommen. Die paar alten Männer die hätten helfen können waren nun auch noch als Geiseln genommen und nur die ganz jungen Kinder waren bei den Frauen in den Dörfern geblieben.

Gundula war mit ihrem ersten Kind schwanger und er konnte sie nur ab und zu besuchen. War das nun seine Vorstellung vom Glück gewesen? Wenn nur nicht dieser ungleiche Kampf wäre. Mit ihren paar Kämpfern konnten sie nur gegen kleine Gruppen antreten.

Sollten sie vielleicht Frieden schließen? Oft hatte er sich diese Frage gestellt. Worum ging es eigentlich in diesem ganzen Kampf? Nur darum welcher Gott nun der bessere sein sollte? Wollten die Götter dieses ganze Elend hier wirklich oder hatte sie, die Menschen, diese nur falsch verstanden. Oft hatte er mit den Schamanen gesprochen, sein Onkel war ja auch einer gewesen. Warum hatten die Götter das Zerstören des Things damals zugelassen? Warum hatten sie dabei nicht eingegriffen? War der andere Gott, den die Franken anbeteten, wirklich stärker als ihre alten Götter? Sie hatten nur einen und die Sachsen sehr viele. War das die Ursache? Verstanden sich ihre Götter nicht mehr untereinander oder verstanden sie nicht was die Menschen wollten?

Er für seinen Teil wollte nur in Frieden mit seiner Familie leben. Er wollte seine Kinder aufwachsen sehen und nicht immer nur für einen kurzen Augenblick, in ständiger Angst, zu Hause vorbeischauen. Etwas musste da noch passieren. Oft saß er so grübelnd am Feuer und keiner der bei ihm sitzenden konnte ihm seine Fragen beantworten. Nicht einmal ihr Anführer Widukind, doch auch er teilte seine Ansichten und kam dadurch ebenfalls ins Grübeln.

11. Kapitel

Im Garten des Klosters

Der Reiter zog noch einmal an der Leine die hinter seinem Pferd hing um zu prüfen ob die Frau noch fest angebunden war. Der Ruck traf Hildegund unvorbereitet und sie stürzte nach vorn auf ihre Knie. Sie schaute zornig auf den Reiter hinauf, musste sich aber beeilen wieder aufzustehen um nicht vom Pferd nach vorn gerissen und hinterher geschleift zu werden. Sie waren nun schon eine Woche unterwegs und Hildegund wusste immer noch nicht wohin es gehen sollte. Nachts wurde sie an einen Baum gebunden und am Tag an ein Pferd. Und dabei immer diese Angst weil ihr keiner das Ziel der Reise verraten wollte. Was würden sie mit ihr machen? Wenn sie Hildegund hätten töten wollen dann würden sie sie doch nicht noch eine Woche hinter ein Pferd binden. Oder? So machte sie sich täglich Mut.

Am Morgen des siebten Tages tauchte aus dem Nebel des Morgens ein großes Gebäude auf, mit einem Turm der spitz in den Himmel ragte. Hildegund hatte schon von den Klöstern der Franken gehört. Ab und zu waren Mönche bei ihr im Moor gewesen die von ihren Klöstern erzählten. War dieses Kloster ihr Ziel? Unmittelbar vor dem Kloster banden die Reiter sie vom Pferd ab und führten sie zu dem großen Tor. Einer der Reiter klopfte an und die Tür, die seitlich an dem Tor war, wurde geöffnet. Eine Nonne trat heraus und bat die Besucher einzutreten.

Die Mutter Oberin, eine ältere Frau mit einem vom Leben zerfurchten Gesicht und einer Haube die ihre Haare vollständig verdeckt, stand mit dem Abt des nahen Mönchsklosters an einer Säule des Kreuzganges. Sie unterhalten sich über ein kirchliches Fest das beide Klöster am nächsten Sonntag ausrichten sollen. Aus dem Augenwinkel nimmt sie eine Bewegung im Hof des Klosters wahr. Sie sieht drei fränkische Krieger die eine gefesselte Frau vor sich her führen. Sie eilt schnell in den Hof um die Frau zu empfangen. Der Anführer der Krieger erklärt ihr "Wir haben im Wald diese Zauberin gefunden und würden sie hier lassen, damit sie kein Unheil mehr stiften kann."

Die Mutter Oberin sah, das einer der Krieger verwundet war, die Wunde aber gut versorgt wurde. Sie fragt den Krieger "Ist die Versorgung deiner Wunde das Unheil, welches die Zauberin gestiftet hat?". Die tapferen Krieger schwiegen betroffen. Mutter Oberin kannte diese Art von Kriegern genau. Sie lächelt sanft, der Spott blitzt in ihren Augen auf. Sie wandte sich an die Frau. "Wie ist dein Name?" "Hildegund" antwortete die Frau. "So sein willkommen unter unserem Dach Schwester Hildegund. Du wirst hier vieles fremd und ungewohnt finden. Doch wie ich sehe bist du eine erfahrene Heilerin und wir freuen uns darauf von dir zu lernen" antwortet die Mutter Oberin. Mit diesen Worten nahm sie den Kriegern das Seil ab an dem diese Hildegund immer noch fest hielten. Die Krieger zogen sich aus dem Kloster zurück und die Mutter Oberin löste den Knoten des Seils.

"Willkommen im Kloster Disibodenberg" sagte die Mutter Oberin nun zu Hildegund während sie ihr die Hand gab. "Auch ich bin einst aus Sachsen in dieses Kloster gebracht worden und ich verstehe dich gut." Eigentlich müsste Hildegund diese Kloster in das sie mit Gewalt gebracht wurde und ihren neuen Gott hassen, doch während Mutter Oberin Hildegund durchs Kloster führt, ihr die Apotheke und den Gärten zeigt, entdeckt Hildegund widerwillig eine tiefe innere Verwandtschaft zwischen sich und der Mutter Oberin. Sie entdeckt auch das diese Frau als Vorstand des Klosters weder vor hat in der Gemeinde zu schweigen noch will sie den Zauberer ausmerzen aus ihrer Gemeinschaft.

Durch die Besuche der Mönche kannte Hildegund ein bisschen die heilige Schrift der neuen Religion. Im Garten des Klosters der hinter dem Kreuzgang lag staunt Hildegund über die vielen Kräuter, die sie noch nie gesehen, von denen sie aber schon gehört hatte. "Die dürften weiter südlich daheim sein." bemerkte sie dabei und die alte Frau nickte. "Ja die haben wir von einer Wallfahrt nach Rom mitgebracht." antwortete sie. Hildegund gab es zu denken, das die ganz normalen Dinge, die bei ihr im Moor oder auf Feld und Weg wachsen in diesem Garten nicht vertreten waren und sie bat darum auch diese anpflanzen zu dürfen.

Auf ihrem Weg durch den Garten sieht sie wie eine Nonne eine Spitzwegerichpflanze auf dem Weg ausreißt und wegwirft. Sie fragt "Warum tut sie dies?" und die Mutter Oberin antwortet "Das ist Unkraut und es muss hier auf den Wegen ordentlich sein. Für Unkraut ist hier kein Platz". Hildegund bat darum die Pflanze zu trocknen und die Mutter Oberin sieht dadurch das Hildegund wirklich etwas von Pflanzen versteht und gibt dieser Bitte gern nach.

Auf dem weiteren Rundgang durch das Kloster führt die Mutter Oberin Hildegund nun auch in die Kapelle. Immer noch staunt Hildegund darüber, dass die neue Religion ihren Gott in geschlossenen Räumen zu finden glaubt. Ihre alten Götter hatte sie immer nur im Freien unter großen Eichen befragt. Überall begegnet ihr der leidende Jesus am Kreuz. Auch das versteht sie nicht. Sie kann sich nicht vorstellen, dass es gesund sein kann das Leid zu verehren. "Natürlich gibt es überall auf der Welt Leid, aber muss man es deshalb so verehren?" denkt sie sich. Durch die Mönche die sie in ihrer Hütte besucht hatten weiß sie ein bisschen von diesem Jesus.

Wenn die Mönche ihr diese Geschichten erzählten hatte Hildegund ihr eigenes Bild vor Augen. Natürlich hatten ihr die Mönche auch erzählt, dass dieser Jesus gekreuzigt worden ist. Doch wenn sie erzählten, sah sie ihn immer vor ihrem geistigen Auge lachend mit seinen Fischerfreunden am Feuer Stockfisch braten, scherzen, Geschichten erzählen, Wein trinken am Ufer eines großen Sees. Daraus glaubte sie hätte er die Kraft bezogen Menschen zu trösten und zu heilen. Und hier begegnete sie ihm dauernd leidend am Kreuz.

Neben dem Altar mit dem gekreuzigten Jesus sieht sie eine Frauenfigur stehen und sie fragte die Mutter Oberin "Wer ist das?" "Das ist Mutter Maria. Die Mutter von Jesus." antwortet diese. Für Hildegund war sie die Verkörperung der großen Mutter Natur. "Gut" dachte sie "wenn die Schwestern sie Maria nennen dann soll das für sie so sein. Was sind schon Namen?" Glücklich nahm Hildegund eine Kerze und entzündete sie vor der Marienstatue. "Mutter", flüsterte sie "sie haben dich wie mich in einen Raum gesperrt."

Als letztes auf dem Rundgang zeigte die Mutter Oberin noch den Speisesaal und das Zimmer von Hildegund. Eine Nonne brachte ihr dann die Kleidung auf ihr Zimmer die sie von nun an immer tragen würde. Bereits am nächsten Morgen war Hildegund das erste Mal zur Morgenandacht in der Kapelle. Bei dieser Andacht wurde sie auch getauft. Auch heute zündete sie wieder eine Kerze vor der Marienstatue an. Nach der Andacht zeigte ihr die Mutter Oberin das Hospital wo Hildegund von nun an arbeiten würde und die Kranken pflegen sollte. Sie dachte "Das Leben hier im Kloster ist gar nicht so schlecht. Ich kann Menschen helfen und das ist es doch was ich tun möchte." Mit dieser Einsicht versöhnte sie sich mit ihrem Schicksal.

Bereits nach ein paar Wochen ist sie für ihr Wissen von allen geachtet und wird oft um Rat gefragt. Nur mit den komischen Ritualen der Kirche hier im Kloster tut die sich immer noch schwer und ihre Runen vermisst sie. Nun ist sie diejenige, die Salben und Tränke braut und den Kräutergarten pflegt. Dort kann sie aus der Fülle schöpfen, die ihr die Mutter Natur anbietet.

Täglich nach der Mittagsandacht pflegten die Schwestern eine kleine Pause einzulegen. In diesen Minuten liebte Hildebrand es ganz für sich zu sein. Sie brühte sich in einem Becher ein Getränk aus getrockneten Spitzwegerich und Brennnesseln, die sie täglich mühsam vor dem Fleiß der Schwestern bei der Säuberung der Wege in Sicherheit brachte. Sie setzte sich zu einem Busch Kussröschen, lauscht und lässt ihr denken und fühlen frei. Eine kleine Katze strich schnurrend um ihre Beine.

Sie liebte diese Momente hier bei ihren Kussröschen. Wie kaum eine andere Blüte sendete diese einen betörenden Duft aus. Plötzlich horchte sie auf. Eine ganz leise Stimme sprach zu ihr "Hildegund nimm die Blätter meiner Blüten, vermenge sie mit deiner Medizin und deinen Tränken. Ich werde ihre Wirkung verstärken und sie bekömmlicher machen." Hildegard sah auf. Niemand war da. Nur sie und die kleine Katze waren hier im Garten. "Tatsächlich die Rosen haben zu mir gesprochen." dachte sie.

Sie stand auf und ging eilig zur Mutter Oberin um ihr von dieser Erkenntnis zu berichten. Diese hörte aufmerksam zu und nickte, dachte kurz nach und war bereit das auszuprobieren. Kranke gab es hier genug in einer so großen Gemeinschaft so unterschiedlicher Menschen. Sie bat Hildegund am Abend Blüten zu sammeln und in die Küche zu bringen. Bereits am nächsten Morgen wurde der Brei mit der Rosenblütenblättern vermischt und gegessen. Auch in die Tränke wurden sie gemischt und die Wirkung verstärkte sich tatsächlich so wie die Rose es versprochen hatte.

Die Schwestern in Hildegunds Kloster pflegen auch Kranke in den Dörfern der Umgebung und besuchen sie zu diesem Zweck. Die Mutter Oberin hat in einem dieser Dörfer einen schwierigen Patienten, bei dem sie nicht recht wuste was sie tun sollte. Da sie von Hildegards Heilwissen überzeugt ist, bat sie Hildegund "Komm bitte mit in das Dorf." Hildegund entgegnete ihr darauf " Ich war einst in diesem Dorf zu Hause und wurde von dort wegen meiner Kenntnisse verjagt." Die Mutter Oberin entgegnete ihr "So ist es vielleicht unklug dich mitzunehmen. Andererseits ist es auch schon länger her und dein Nonnenschleier sowie die Haube, ein wenig vors Gesicht gezogen deinen Blick demütig gesenkt, könnten als Tarnung reichen."

Hildegund und die Mutter Oberin besprechen die Angelegenheit lange. Erst wehrt sich Hildegund weil sie nicht maskiert ins Dorf gehen will, sondern es auf eine Konfrontation ankommen lassen will. Doch Mutter Oberin kann sie schließlich überzeugen, dass das unklug ist.

Am nächsten Morgen, nach der Morgenandacht, zogen die beiden Frauen in das Dorf. Bei dem Patienten angekommen schreckt Hildegund zurück. Der Patient war der Schwiegervater von Hildegunds Schwester, der sie einst aus dem Dorf gejagt hatte. Würde er sie nach so langer Zeit noch erkennen? Hildegund ist jetzt sehr froh sich hinter dem Nonnenschleier und dem Gebären einer Nonne verstecken zu können. Sie geht der Mutter Oberin zur Hand und bereitet eine Kräutertinktur zu. Dazu muss sie aber noch Wasser vom Brunnen holen und dazu verlässt sie die Hütte und tritt auf den freien Platz hinaus.

Als Hildegund am Brunnen ist geht ihr ein junger Bursche zur Hand. Am Gesicht erkennt sie, dass das ihr Neffe sein muss den sie nur als ganz kleines Kind gesehen hat. "Himmel, wie die Zeit vergeht." denkt sie "Wie groß er schon ist." Zum Glück kann er sie nicht erkennen. Mit dem Wasser kehrt sie in die Hütte zurück. Die Mutter Oberin ist fertig mit dem Patienten und Hildegund verbindet ihn.

Plötzlich treffen sich die Augen von Hildegund und dem Mann. Sie sieht sofort, dass er sie erkannt hat. Instinktiv zuckt sie zurück doch der alte Mann greift nach ihrer Hand. Mit schwacher Stimme spricht er "Hildegund ich habe dir großes Unrecht zugefügt und du hilfst mir. Kannst du mir verzeihen?" Hildegund nickt erleichtert und antwortet "Ja, das kann ich." von draußen trat nun Hildegunds Schwester, die dies gehört hatte, in die Hütte und die beiden Frauen fielen sich in die Arme.

Auf dem Heimweg ins Kloster dankte Hildegund der Mutter Oberin dafür "Danke das du mich überredet hast mit in das Dorf zu kommen. Dadurch musste ich mich meiner eigenen Vergangenheit stellen." Die alte Frau entgegnete ihr "Ich danke dir, dass du mir geholfen hast und der alte Mann hat es dir auch gedankt. Die Hilfe für alle Menschen, egal welcher Religion sie angehören, sollte unser Ziel sein. So wie Jesus es einst tat." Mit diesen Worten durchschritten die beiden Frauen das große Tor des Klosters das sich hinter ihnen langsam schloss.

12. Kapitel

Ein grausamer Tag für die Sachsen

Der Krieg der Franken gegen die Sachsen ging nun schon ins zehnte Jahr. Matthias war immer noch beim Heer und kämpfte mit Thomas Seite an Seite so manches Gefecht. Damals vor fünf Jahren hatte es eine fränkische Reichsversammlung auf sächsischem Boden gegeben, und zwar im neu gegründeten Paderborn. Sie beide waren damals als Wachen mit dabei und waren sogar im Saal bei der Tagung. Auf dieser Versammlung richtete Karl das Wort an die Gesandten und drängte besonders auf die Verstärkung der Anstrengungen bei der Bekehrung der Sachsen. Er hatte sich dazu angelsächsische Missionare aus England ins Land geholt und baute im sächsischen Gebiet Kirchen und Klöstern auf, mit deren Hilfe er die Buchführung und Verwaltung in Sachsen weiter vorantreiben wollte.

Die Sachsen ordneten sich allerdings neu und überfielen immer wieder fränkische Orte und nun auch Burgen. Angeführt von Widukind gingen die sächsischen Kämpfer jetzt auch immer öfter in offenen Feldschlachten gegen die Franken vor. Aus den Fehlern der Anfänge hatte sie gelernt und dafür einen blutigen Zoll bezahlt. In diesem Jahr nun, es war das Jahr 782, teilte Karl das sächsische Land unter seinen eigenen Grafen zu fränkischen Grafschaften auf. Wo immer seine Krieger heidnische Bräuche oder Symbole sahen kämpften sie dagegen an. Vor allem die einfache Landbevölkerung in Sachsen hing dem alten Glauben immer noch an. Er war wichtig für ihre Feldarbeit und genau diese Bevölkerung sollten nun von Karl mit einer Zwangsbekehrung zum Christentum gebracht werden.

Die Mönche zogen, meist mit der Unterstützung der Krieger, in den sächsischen Ländern umher. Einige unvorsichtige waren dem

Zorn der Sachsen schon zum Opfer gefallen doch viele redeten mit den einfachen sächsischen Leuten und konnten sich behaupten. Der Härte der Kämpfe tat das aber keinen Abbruch. Karl jagte die sächsischen Kämpfer und diese, unter der Leitung Widukinds, jagten die fränkischen Krieger. Es war ein großes Katz und Maus Spiel dort im Wald. Am meisten hatten die einfachen Leute in den Dörfern auf beiden Seiten der Grenze zu leiden. Angriff und Rache lösten sich fast täglich ab und der Jammer war groß beiderseits der Grenze.

Keine der beiden Seiten konnte auch nur den geringsten Fortschritt für sich verbuchen und so ging das nun schon zehn Jahre lang. Die Geiseln hatte Karl immer noch in seinem Lager, manche davon nun ebenfalls schon fast zehn Jahre. Nichts hatten sie ihm gebracht. Die Überfälle nahmen immer mehr zu und fassen konnte er die Sachsen auch nicht. Immer wieder zogen sie sich nach dem Kampf in die Wälder zurück und tauchten an andere Stelle wieder auf. Keine der Geiseln hatte ihm verraten wie und wo er Widukind fangen konnte. Seine Wut auf die sächsischen Kämpfer wurde von Tag zu Tag größer.

Eines Tages nun ließ er alle seine Geiseln auf ein Feld treiben und stellte sich vor sie auf. Er sagte zu ihnen "Wer sich taufen lässt oder mir verrät wo Widukind ist, der wird verschont alle anderen werden Heute sterben. So treten nun die von euch vor die ich verschonen soll!" Er wartete eine ganze Weile doch niemand trat vor. Nur ein alter sächsischer Kämpfer mit grauen Haaren aus einer mittleren Reihe rief ihm zu "So lass uns heute noch nach Walhalla fahren. Meine gefallenen Mitkämpfer und die Götter warten schon viel zu lange dort auf uns." Karl wurde rot vor Zorn. So hatte er sich das nicht vorgestellt, dieser eine Kämpfer brachte seine Wut zum Ausbruch. Er zog sein Schwert und stürzte sich auf den Sprecher. Mit einem Hieb streckte er ihn nieder. Nun ließ er seine Männer einen Sachsen nach dem anderen töten.

Das Wasser des kleinen Baches, der sich durch den Wald am Ende des Feldes schlängelte, färbte sich rot von dem Blut der über viertausend getöteten Sachsen. Nicht eine sächsische Familie gab es, die nicht über einen Toten in der Familie klagte. Und doch stärkte es nur den Kampfgeist der Kämpfer. Matthias und Andreas waren als Melder an diesem Tage unterwegs. Am nächsten Tag sprach sie im Lager ein Freund an, der an diesem furchtbaren Tag dabei gewesen war. Sie schauten sich an und waren sich einig. Diese Gewalt konnte nicht der Wille Gottes sein. Wie konnten sie beide Karl stoppen ohne selbst seiner Gewalt zum Opfer zu fallen? Sie mussten sich einen Weg überlegen wie sie auf den König einwirken konnten, ohne ihm direkt zu widersprechen.

Thomas kannte viele Berater des Königs und überlegte sich wem davon er trauen konnte und wem nicht. Diese Mission war zu gefährlich für einen Fehlversuch. Er musste gleich den richtigen finden mit dem er reden konnte. Doch wer war dazu geeignet? Sollten sie mit den Sachsen Verbindung aufnehmen? Oder konnte ihnen das als Verrat zur Last gelegt werden? Wenn ja würde Karl keinen Moment zögern und sie genau so töten wie er die Geiseln hatte töten lassen. Karl kannte keine Gnade. In den sächsischen Gebieten wurde er schon abfällig "Der Sachsenschlächter" genannt.

In den nächsten Tagen ritten Thomas und Matthias oft grübelnd durch den Wald wenn sie als Melder unterwegs waren. Eines Tages hatte Matthias eine Idee. Er sagte "Ein Mann Gottes, also ein Abt oder Bischof, muss mit Karl reden. Dem kann er ja keine Ungläubigkeit vorwerfen. Kennst du da jemanden dem du vollkommen Vertrauen kannst?" Thomas dachte lange nach doch im Moment hatte er keine Möglichkeit auf einen Mann Gottes einzuwirken. Alle die er kannte, und die er im Moment erreichen konnte, waren Karl treu ergeben, die, denen er wirklich Vertrauen konnte, waren im Moment in England unterwegs. Diese Sache musste also noch warten. Vielleicht war es aber möglich über die sächsische Bevölkerung an Widukind heranzutreten um das Morden von dieser Seite aus zu beenden.

Als sie wieder in einem Dorf in Sachsen waren versuchten sie mit den Dorfbewohnern ins Gespräch zu kommen. Sie wussten das diese genauso wenig diesen Krieg haben wollten wie die Leute in Franken. Sie konnten nur mit den Frauen reden doch sie wussten, dass diese später mit ihren Männern in Verbindung treten würden. Vielleicht hatten sie ja auf diese Weise eine Möglichkeit des Einflusses gefunden. So trafen sie in einem Dorf auf eine junge Frau namens Gundula die dort mit ihren drei Kindern lebte. Ihr Mann war schon viele Jahre im Kampf und die Kinder kannten ihren Vater nur von kurzen Besuchen. Sie versprach sich für die Ideen der beiden Franken bei ihrem Mann einsetzen.

13. Kapitel

Der Angriff der Walküren

Die Sachsen hatten durch die vielen Kämpfe der letzten Zeit nicht mehr so viele Krieger. Darum zogen nun auch die Frauen und Töchter der Krieger mit in den Kampf. Gundula hatte Thorsten diesmal zum Kampf begleitet und zusammen bereiteten sie sich im Lager für den nächsten Tag vor. Ihre drei Kinder hatte Gundula schweren Herzens bei ihrer Mutter im Dorf gelassen. An allen Ecken des Lagers wurden Schwerter geschliffen und Schilder vorbereitet. Im Lager waren ein paar hundert Männer aber ein paar tausend Frauen. Viele hatten ihre Männer oder Söhne im Kampf gegen die Franken verloren.

Sie waren wieder an den Externsteinen, wo damals Widukind sie auf den ersten Kampf eingeschworen hatte. Heute nun, viele Jahre und viele Kämpfe später, waren sie hier und hatten ihr Lager aufgeschlagen. Sie opferten ihren Göttern an dieser alten Kultstätte und baten um den Sieg in der Schlacht, so wie sie es damals gemacht hatten. Am Abend dieses Tages saßen viele am Feuer zusammen, sie redeten, sangen alte Lieder oder schwiegen einfach. Sie dachten an den nächsten Tag und einige riefen nun auch für sich ihre Götter um Hilfe an. Nach und nach zogen sich dann die Kämpfer und Kämpferinnen zurück in ihre Zelte um noch etwas zu ruhen. Viele fanden aber keine Ruhe und verbrachten eine schlaflose Nacht.

Als am nächsten Morgen die Sonne aufging machten sich alle Sachsen bereit. Die Frauen wuschen sich in den kleinen Fluss ihre Haare und richteten ihre Kleider. Wenn sie heute nach Walhalla gehen würden so wollten sie dort in ihren besten Sachen ankommen und gut aussehen. Als alle bereit waren setzte sich langsam der Zug in Bewegung und sie marschierten zum Feld hinüber. Es war ein bunter

Haufen von Menschen und obwohl es zur Schlacht ging und vermutlich viele heute sterben würden herrschte eine ausgelassene Stimmung mit Lachen, Scherzen und Gesang.

Thorsten und Gundula waren zusammen Hand in Hand gegangen und hatten sich den ganzen Weg über ihre Zukunft und die kleine Familie unterhalten. Nach kurzer Zeit waren sie am Rand des Feldes angekommen. Der Wind wehte leicht und warm über das Feld und das kniehohe Gras bewegte sich in kleinen Wellen hin und her. Auf der anderen Seite des großen Feldes sahen sie schon das fränkische Heer, das dort aufmarschiert war und die Aufstellung eingenommen hatte. Sie sahen aus wie eine schwarze Mauer von Menschen und Pferden. Die sächsische Seite hingegen war bunt durch die Kleider der Frauen. Die Mitte des sächsischen Heeres bildeten die Frauen an welche sich rechts und links die Männer an der Seite anschlossen. Als das Heer sich aufgestellt hatte trat die Führerin der Frauen vor und wand sich an ihre Mitkämpferinnen.

Sie rief ihnen zu "Wenn wir heute siegen so werden wir bis in alle Ewigkeit in den Liedern unseres Volkes leben und wenn wir heute sterben so werden wir mit unseren Männern und Söhnen an der Tafel in Walhalla Platz nehmen und wieder mit ihnen vereint sein." Dann streifte sie das Oberteil ihrer Kleidung bis zu den Hüften herunter und rief "Last uns über die Franken herfallen wie die Walküren in den alten Sagen unserer Vorfahren." Sie ergriff das Schwert das einst ihrem Mann gehört hatte und hob es zum Himmel. Alle Frauen taten es ihr nach, streiften ebenfalls ihre Oberteile ab und griffen zu den Waffen.

Mit einem lauten Schrei setzten sich die Frauen in Bewegung. Die Schwerter, Heugabeln und Speere schwingend sowie barbusig stürmten die Frauen auf die Franken zu so schnell sie in den langen Röcken laufen konnten. Diese sahen vollkommen verdutzt die bunte Wolke der Frauen auf sich zukommen. Völlig verwirrt wehrten sie sich kaum. Ohne großen Kampf wichen sie zurück und die Frauen wüteten unter den Franken. Gundula und Thorsten kämpften Seite an Seite. Sie kämpfte mit einem Speer und er mit seinem kurzen Schwert. Mit seinem Schild beschützte er ihre Seite während sie aufpasste, dass sich ihnen kein Franke nähern konnte. Mit dem Speer hielt sie diese auf Abstand.

In der Mitte der fränkischen Aufstellung waren die Frauen schon durchgebrochen und wendeten sich nun den Seiten zu. Die beiden Heere hatte eigentlich aufgehört als geordnete Aufstellung zu bestehen. In kleinen Knäueln wurde, meist zaghaft und zögernd von der fränkischen Seite sowie entschlossen von der Sächsischen, gekämpft. Nach einem kurzen Kampf, in den kaum eine Frau getötet wurde, war die Schlacht gewonnen und die Franken auf der Flucht.

Mit einem wilden Schrei bedankten sich die Sachsen bei ihren Göttern für den Sieg und den Beistand. Thorsten und Gundula fielen sich in die Arme. Beide waren unverletzt geblieben, hatten aber gemeinsam viele Franken getötet. Einige sächsische Reiter verfolgten nun die zurückweichenden Franken, aber der große Teil der Sachsen zog sich in das Lager zurück.

An den Externsteinen danken sie noch einmal gemeinsam ihren Göttern und gedachten der Opfer dieses Krieges. Viele dachten am Abend dieses Tages darüber nach ob dieser Krieg auf diese Weise zu gewinnen wäre. Auch Thorsten sprach darüber mit Gundula. Diese erwähnte den Besuch von zwei fränkischen Reitern in ihrem Dorf vor einiger Zeit. Diese beiden hatten fast die gleichen Ansichten zu diesem Thema wie Thorsten und vielleicht konnte so dieser Kampf beendet werden. Das Blutvergießen musste enden bevor es keine freien

Sachsen mehr gab. Der Sieg war nutzlos wenn es keinen mehr geben würde der sich darüber freuen kann.

Thorsten erkundigte sich wie er die beiden Reiter finden könnte und versprach Gundula mit Widukind darüber zu sprechen. Vorher versicherte er sich aber in vielen einzelnen Gesprächen mit den anderen Kämpfern, das dies auch die Meinung und der Wille der anderen war. Der Sieg in diesem Kampf hatte viele Sachsen nachdenklich gemacht und so fand Thorsten bei ihnen ein offenes Ohr für seine Ansichten. Es war Zeit das Schwert wegzulegen solange man noch in einer guten Position für Verhandlungen war und der heutige Sieg war eine hervorragende Basis dafür. Es war eine Position der Stärke und dadurch konnte man höhere Forderungen stellen als wenn man heute verlogen hätte und als Bittsteller auf die Franken zugehen müsste.

Als am nächsten Morgen die Feuer niedergebrannt waren hatte Thorsten mit vielen Männern und Gundula mit vielen der Frauen gesprochen. Die Meinung war eindeutig und bei dem Aufbruch nach Hause waren sie sich beide einig diesen sinnlosen Kampf zu beenden. Schweigen ritten sie nebeneinander her. Am Abend, als sie den Wald verließen durch den sie den ganzen Tag geritten waren, sahen sie die Häuser ihres Dorfes wieder vor sich. Zu Hause angekommen rannten die drei Kinder auf Gundula zu und umarmten ihre Eltern. Thorsten verabschiedete sich am nächsten Tag wieder und machte sich auf den Weg zum Lager der sächsischen Kämpfer. Nun musste er handeln und er wusste auch wie.

14. Kapitel

Eine nicht ganz freiwillige Taufe

Thorsten ritt langsam den Waldweg entlang. Zu beiden Seiten reichten die Bäume soweit heran, dass er die Zweige hätte berühren können wenn er die Arme zu den Seiten genommen hätte. Über sich sah er die Raben kreisen und jedes Mal wenn er nach oben schaute überlegte er ob es wirklich der Wille der Götter war was er nun versuchte. Er wollte mit Widukind ja nichts anderes als die Abkehr von ihrem alten Glauben besprechen. War es wirklich richtig? Würden die Götter das zulassen? Bis jetzt hatten sie ihnen im Kampf nicht wirklich geholfen. Wenn nur noch die Abkehr vom alten Glauben ihr Volk retten würde könnten sie ihm dann böse sein? Das kleine braune Pferd trottete langsam voran, es kannte den Weg und so hatte Thorsten viel Zeit zum überlegen.

Vor sich sah er nun schon die Lichtung auf der Widukind das Lager aufgeschlagen hatte. Noch hatte er nichts gesagt aber auch noch nichts erreicht. War es seinen Einsatz wert? Er wägte sorgsam ab und dachte an seine drei Kinder. Wenn nicht für ihn dann doch wenigstens für sie und Gundula war ein Frieden wichtig und besser als dieser ewige Kampf. Am Rande der Lichtung band er das Pferd an einen Baum und ging zügig zum Zelt in dem er Widukind vermutete. Dieser hatte gerade die Anführer seiner Kämpfer versammelt. Er hatte von dem Sieg in der Schlacht erfahren und war guten Mutes. Als die Anführer gegangen waren trat Thorsten an ihn heran und sprach "Wie du erfahren hast haben wir gesiegt, doch war das wirklich notwendig, dass wir die Frauen in den Kampf schicken müssen? Sollten wir nicht Frieden schließen solange wir noch die Chance für gute Bedingungen haben?"

Widukind sah ihn schweigend an und wiegte den Kopf hin und her. Er hatte sich schon oft die gleichen Gedanken gemacht. Nun kam dieser Krieger hier und bestätigte ihm, dass er nicht so falsch lag. "Wie können wir mit ihnen in Verbindung treten?" fragte Widukind. Thorsten erzählte von Gundulas Begegnung mit den beiden fränkischen Boten und dem Angebot für Verhandlungen. Jetzt wäre die Gelegenheit besonders günstig wobei ihm Widukind zustimmte. Er sollte sich mit den beiden treffen und vorsichtig erkunden wie und zu welchen Bedingungen ein Friedensschluss möglich wäre. Schnell machte sich Thorsten wieder auf dem Weg. Er holte sein Pferd und ritt los. Diesmal etwas schneller, bestärkt durch den Auftrag seines Anführers. Nun hatte er eine wichtige Aufgabe zu erfüllen die den Frieden für sein ganzes Volk bringen konnte.

Er war die ganze Nacht geritten und traf am nächsten Morgen an der vereinbarten Schänke ein. Die beiden Boten hatten dort eine Botschaft beim Wirt hinterlegt wo sie zu erreichen waren und so machte sich Thorsten, nach einer kurzen Pause mit Essen und Trinken, auf den Weg zur angegebene Stelle. Auch wenn er als Unterhändler unterwegs war so musste er doch hier im fränkischen Land vorsichtig sein. Noch war ja kein Frieden geschlossen und wenn er scheitern würde, was dann? Vorsichtig näherte er sich dem in der Botschaft angegeben Treffpunkt. Die beiden fränkischen Boten warteten schon auf ihn. In der Mitte einer großen Lichtung trafen die drei aufeinander. Die beiden Boten waren Matthias und Thomas. Zu dritt setzten sie sich auf einen umgestürzten Baum und verhandelten. Thorsten war klar gewesen das nur eine Abkehr von ihren alten Göttern zum Frieden führen würde. Nachdem sich alle drei einig waren ritten sie alle zu ihren Anführern. Matthias und Thomas zu Karl und Thorsten wieder zu Widukind.

Als Treffpunkt hatten sie die Lichtung vereinbart auf der sie über den Frieden verhandelt hatten. Für Thorsten war das ein gutes Zeichen. Es waren nun schon wieder ein paar Monate ins Land gegangen als dort Widukind und Karl aufeinander trafen. Die beiden Abordnungen traten jeweils auf einer Seite der Lichtung aus dem Wald und saßen dort vom Pferd ab. Widukind, in Begleitung von Thorsten und ein paar anderen Männern, trat in die Mitte der Lichtung. Von der anderen Seite näherte sich Karl, gefolgt von Thomas, Matthias und ein paar anderen fränkischen Kämpfern. Als sie in der Mitte zusammentrafen kniete sich Widukind hin, zog sein Schwert und übergab es als Zeichen der Kapitulation an Karl. Dieser übernahm das Schwert, legte seine Hand auf Widukind Schulter und nahm die Übergabe an. Danach gab er das Schwert zurück und erhob Widukind in den Ritterstand. Widukind gelobte Karl Treue und die Abkehr von den alten Göttern. Im Gegenzug gewährte Karl den Frieden für das sächsische Volk.

Die Taufe sollte in der Königspfalz Attigny im nächsten Jahr, das wäre das Jahr 785, stattfinden. Bis dahin wollten sie gemäß ihrer Vereinbarung die Kämpfe einstellen und die Krieger wieder nach Hause lassen. So trafen sie dann nach dem Winter alle wieder an der Pfalz zusammen, wo der Abt der Pfalz die Taufe von Widukind feierlich vornehmen wollte. Der Taufpate würde Karl sein, um damit ein Zeichen zu setzen. Auch Thorsten und die Begleiter Widukinds würden sich dort taufen lassen. Die Kirche war feierlich geschmückt und alle hatten ihre besten Gewänder an. An der Seite des Altarraums standen die fränkischen Kämpfer, vorn am Taufbecken stand Karl zusammen mit dem Abt. Die Sachsen schritten durch das Spalier der Franken nach vorn und wurden dort feierlich getauft und schwuren dabei ihren alten Göttern ab.

Diese Taufe war nicht so ganz freiwillig doch wenn dadurch das sächsische Volk vor dem Untergang bewahrt werden konnte so würden auch die alten Götter nichts dagegen haben können. Widukind und die Sachsen nahmen damit den christlichen Glauben an und versprachen Karl gleichzeitig sich für diesen Glauben bei ihrem Volke einzusetzen und ihn zu verbreiten. Damit hatte Karl erreicht was er mit dem Kampf erreichen wollte, doch auch die Sachsen hatten ihm durch ihre mutige Gegenwehr einige Zugeständnisse abgetrotzt. Sie durften die Herren in ihrem eigenen Land bleiben und sie blieben Sachsen, da sie sich nur den Franken anschlossen, diese das Land aber nicht erobert hatten.

Auf ihren Rückmarsch durch das sächsische Land verbreiteten sie die Botschaft vom Frieden unter ihren Landsleuten und alle waren froh das dieser lange Kampf endlich zu Ende war.

15. Kapitel

Der Hungeraufstand

Seit der Taufe waren nun fast drei Jahre vorbei. Thorsten und Gundula lebten in Frieden mit ihren Kindern im Dorf. Von Zeit zu Zeit waren auch christliche Missionare unterwegs, die versuchten die einfache Bevölkerung vom neuen Glauben zu überzeugen. Massenhafte Taufen waren an der Tagesordnung. Bereits vor seiner Taufe kam es vor, dass diese Missionare ihren Willen auch mit Gewalt durchsetzen wollten. Jetzt nach dem Friedensschluss und der Taufe Widukinds versuchte auch Karl verstärkt den heidnischen Glauben aus den Sachsen heraus zu bekommen. Er verbot die Feuerbestattungen die früher üblich waren und das Essen von Fleisch während der Fastenzeit wurde mit dem Tod bestraft.

Die meisten Sachsen, so wie Thorstens Familie, waren aber noch Jäger. Nur wenige Dörfer waren im Ackerbau geschult. Was sollten Jäger aber anderes Essen als Fleisch? Jedes Jahr im Frühjahr wurde die Abwägung immer schlimmer. Sollte man etwa Hungern? Auch in diesem Jahr versteckte man am Tage das Fleisch um es am Abend, nach Einbruch der Dunkelheit, zu essen doch nun zogen die Missionare auch nachts durch den Wald. Sie brauchten keine Gefahr mehr zu fürchten. Es war ein schöner Frühlingstag im Dorf und die Kinder spielten vor der Hütte. Als Thorsten vor die Hütte trat sah er die kleine Gruppe von fränkischen Kriegern die zwei Missionare begleiteten. Thorsten begrüßte sie am Rande des Dorfes und erfuhr von ihnen, dass sie eine Woche im Dorf bleiben wollten.

Thorsten überlegte kurz wie sie doch im Dorf den Bratenduft in der Nacht verschleiern konnten. Es war ja Fastenzeit. Sollten sie das Fleisch etwa roh essen? Er musste versuchen die Reiter so schnell wie möglich wieder aus dem Dorf zu bekommen. Aber wie ohne das die Krieger Verdacht schöpfen würden? Gemeinsam mit Gundula und ein paar Nachbarn kamen sie zu dem Entschluss, dass diesmal nicht nachgegeben werden sollte. Thorsten sagte zu ihnen "Wir werden ihnen die Stirn bieten und wenn sie nicht respektieren was schon immer unsere Tradition war so werden wir zu den Waffen greifen und sie aus dem Dorf werfen." alle nickten zustimmen und so wurde es an alle im Dorf weitergetragen.

Als sich nun langsam die Dunkelheit über das Dorf senkte zog der Duft von gebratenem Fleisch durch das Dorf. Die beiden Missionare waren außer sich über diesen Bruch der Fastenzeit und wollten die mitgereisten Krieger dazu bringen einzuschreiten. Nur widerwillig zogen diese durch das Dorf, sie ahnten schon, dass da etwas nicht stimmte wenn doch so offensichtlich gegen die Regeln des christlichen Glaubens verstoßen wurde. Am Haus von Thorsten angekommen riefen sie die Bewohner heraus und wollte diese zur Rede stellen doch darauf hatten es die Dorfbewohner nur abgesehen. Während Thorsten und Gundula aus dem Haus traten stellten sich die anderen Dorfbewohner bewaffnet hinter die Krieger. Als diese bemerkten, dass sie in eine Falle geraten waren legten sie die Waffen sofort nieder. Unbewaffnet und mit den beiden schimpfenden Missionaren verließen sie eiligst das Dorf in Richtung der ehemaligen fränkischen Grenze.

Thorsten war sich sicher, dass die Krieger wieder kommen würden nur mit Verstärkung. Wieder würden die Sachsen in den Wald flüchten müssen. Eigentlich war ja niemand ein Bruch der Fastenzeit nachzuweisen. Nur der Bratenduft war ja im Dorf gewesen. Würde das die Krieger und Missionare besänftigen? Mit Waffengewalt hatten sie diese aus dem Dorf geworfen und damit ihre Schuld praktisch schon gestanden. Nur wenn alle Dörfer zusammenhielten konnten sie etwas erreichen. Ein einzelnes Dorf war nicht in der Lage dem Heer der Franken stand zu halten.

Thorsten schickte Boten in die Nachbardörfer um die Handlungen abzustimmen. Auch zu Widukind schickte er einen Reiter doch Widukind wollte mit diesem Aufstand nichts zu tun haben. Zu viel stand für ihn auf dem Spiel und er wollte es sich nicht mit Karl verderben. Damit stand die einfache Bevölkerung praktisch alleine da. Thorsten musste daher alleine überlegen wie er diese Sache wieder aus der Welt schaffen konnte, ohne das zu viele Menschen dabei sterben würden.

Nur im Wald, so wie früher, waren sie den fränkischen Kriegern überlegen. Alle Männer zogen sich in den Wald zurück und versuchten den anrückenden fränkischen Herrn den Weg zu verlegen und einzelne Krieger auszuschalten. Auf diese Art versuchten sie die Krieger von den Dörfern und ihren Familien fern zu halten, was eine gewisse Zeit auch funktionierte. Bis Ostern, was dem Ende der Fastenzeit entsprach, konnten sie so die Missionare fern halten doch ihr Hungeraufstand würde sicher nicht ohne Folgen bleiben. König Karl hatte bestimmt nur auf einen Anlass gewartet bei den Sachsen mit massiven Kräften einzugreifen und den christlichen Glauben durch zu setzen.

Widukind versuchte schlichtend bei den Vorständen der sächsischen Dörfer einzugreifen und so kam er auch in das Dorf von Thorsten und Gundula. Diese baten ihn in ihr Haus wo sie sich alle zusammen an den Tisch setzten. Thorsten machte Widukind Vorwürfe, dass dieser sie nicht unterstützt hatte und Widukind machte ihnen Vorwürfe, dass sie den Frieden mit den Franken so leichtfertig aufs Spiel gesetzt hatten. Gundula unterbrach die beiden streitenden Männer kurzerhand und brachte ihrerseits das Problem des Essens als eigentliche Ursache wieder ins Spiel. Beide Männer sahen sich an und nun fingen alle an zu überlegen. Wenn man kein Fleisch essen darf und nichts anderes hat, was sollte man den dann machen? Fisch war erlaubt aber so viele Fische gab es in ihren Seen nicht. Getreide war auch kaum vorhanden und von Wurzeln im Wald konnte man sich auch nicht so lange ernähren. Also was essen?

Thorsten und Widukind machten sich auf den Weg zu den fränkischen Siedlern um sich zu informieren. Unterwegs trafen sie Thomas und Matthias, die gerade dabei waren in ihr Heimatdorf zurück zu kehren. Nebeneinander reitend tauschten sie sich aus wie man im nächsten Jahr versuchen konnte einen Aufstand zu verhindern. Gemeinsam kamen sie zu dem Ergebnis, das die Sachsen den Franken vor und nach der Fastenzeit Wild liefern sollten und die Franken im Gegenzug während der Fastenzeit Korn an die Sachsen schicken würden. Noch während sie ritten waren sie sich einig und als sie in Matthias Heimatdorf ankamen besiegelten sie ihren Vertrag und ließen sich diesen durch den Dorfvorsteher und den Pfarrer abzeichnen. Damit war allen geholfen und jeder konnte mit dieser Entscheidung leben.

Auf dem Heimritt fragte Thorsten Widukind warum man nicht schon viel früher auf diese Lösung gekommen war doch Widukind schwieg betroffen.

16. Kapitel

Die Rache eines Kriegers

Auch wenn es nun schon mehr als 25 Jahre her war, das Zerstören seines Dorfes und den Verlust seiner Eltern hatte Thorsten nie verwinden und loslassen können. Auch heute noch, nach so langer Zeit, hatte er nachts Albträume in denen er wieder dort im Dorf war und den Schrecken mit ansehen musste. Wie konnte er dieses schreckliche Geschehen loslassen? Wie konnte er mit seiner vermeintlichen Schuld weiterleben das Ganze als einziger überlebt zu haben? Oft hatte er mit Gundula darüber gesprochen, doch auch sie konnte ihm nicht dabei helfen sich von diesen Albträumen zu befreien.

In dieser Vollmondnacht schreckte er wieder aus dem Schlaf und war nass vom Schweiß. Doch diesmal hatte er eine Idee. Gundula, die ebenfalls aufgeschreckt war, hörte ihm aufmerksam zu als er begann. "Ich muss denjenigen finden, der dafür verantwortlich ist und ihn für das unserem Volke angetanen Unrecht zur Rechenschaft ziehen. Erst dann werde ich wieder meine Ruhe finden und meine Ahnen werden den Frieden finden, den sie nun schon seit so langer Zeit suchen. Dann werden sie mich nicht mehr im Traum stören. Diese Untat muss mit seinem Blut getilgt sein." Gundula stimmte ihm zu gab aber zu bedenken wo er denn den Schuldigen finden wollte. Bisher hatte er keine Spur aber er würde sich bei den Franken vorsichtig erkundigen. Vielleicht hatten die ja eine Ahnung wer der Täter war.

Am nächsten Morgen machte sich Thorsten auf den Weg zu den beiden Franken mit denen er schon oft in der letzten Zeit zu tun hatte. Er kannte nun ihr Dorf und sie hatten schon oft miteinander Handel getrieben. Wenn er es geschickt anstellen würde könnte er eine Information aus den beiden herausbekommen mit der er dann vielleicht zu dem Täter finden konnte. Vor der Hütte verabschiedete er sich von Gundula und den Kindern danach führte er sein Pferd an der Leine aus dem Dorf. Als er den Waldrand erreicht hatte schaute er sich noch einmal um und sah seine Familie am Haus stehen. Er dachte sich "Hier sehe ich den noch lebenden Teil meiner Familie, doch heute will ich für den getöteten Teil meiner Familie reiten und ich will erst wieder zurückkehren wenn meine Ahnen ihre Ruhe gefunden haben." Schnell saß er auf und ritt in den Wald hinein.

Er kannte den Weg sehr gut, schon oft war er ihn geritten und sein Pferd ging den Weg sogar schon von alleine. So hatte er mehr Zeit zum Nachdenken. Würden die beiden Franken ihm helfen? Dazu mussten sie ja einen der Ihrigen verraten. Konnte er ihnen vertrauen? Und konnten sie ihm vertrauen? Unter all dem Grübeln war er schon aus dem Wald heraus geritten und sah die kleine Kirche am Rande des Dorfes vor sich. Er wusste in welchem Haus er auf Thomas und Matthias treffen würde, aber würden sie ihm etwas verraten?

Kurz zögerte er doch dann trieben ihn die Ahnen vorwärts. Sie hatten schon so lange auf diesen Moment gewartet. Thorsten band sein Pferd an einem Baum neben der Hütte fest und trat an die offene Tür heran. Thomas bemerkte ihn und trat aus dem Haus. Gemeinsam setzten sie sich auf die kleine Bank unter einem der Bäume an der Seite der Hütte. Matthias war noch auf dem Feld, doch er würde in ein paar Minuten auch wieder da sein sagte Thomas. Sie unterhielten sich über ihre Familien und das Vieh, über die Ernte und das Wetter und dann kam auch schon Matthias vom Feld zurück. Er hatte die Körner geprüft und war mit dem Ergebnis des Kontrollgangs sichtbar zufrieden. Er sagte "Diese Jahr wird es eine sehr gute Ernte geben." dann begrüßte er Thorsten den er erst jetzt bemerkte.

Nun, da sie alle drei hier waren, kam Thorsten auf den Grund seines Besuches zu sprechen. Thomas lenkte ein, dass er damals dabei war und Thorsten konnte sich an den Reiter erinnern der das Dorf damals so schnell verlassen hatte. Nun stellte er ihn zur Rede und forderte ihn auf etwas zu unternehmen, wenn er die Tat damals schon nicht verhindert hatte. Auch Matthias verlangte diese Information und widerwillig antwortete Thomas. Sein alter Anführer, der diesen Angriff damals befohlen hatte, war schon lange aus dem Heer ausgeschieden und hatte sich zur Ruhe gesetzt. Er wusste wo er wohnte und konnte den beiden den Weg beschreiben. Thorsten wollte am nächsten Tag aufbrechen und Matthias wollte ihn dabei begleiten.

Nach Sonnenaufgang des nächsten Tages machten sich die beiden Männer auf ihren Pferden auf den Weg. Thomas stand an der Hütte und sah den beiden lange nach. Hatte er das richtige getan? Lud er nun eine neue Schuld auf sich oder sühnte er die alte Schuld, dass er damals nicht eingeschritten war? Seine Frau Ursula trat an ihn heran und legte ihm den Arm um die Schultern. Zusammen standen sie solange dort bis die beiden Reiter nicht mehr zu sehen waren dann gingen sie wieder in die Hütte hinein.

Matthias und Thorsten kamen auf der Straße gut voran. Eine Nacht würden sie in einer Schänke übernachten und am nächsten Tag würden sie ihr Ziel erreicht haben. So hatten sie beide noch mal eine Nacht um darüber nachzudenken ob sie das richtige taten. Die Schänke war eine größere Hütte an einer Flussüberquerung, an die sich ein Stall und eine weiter Hütte mit den Schlafräumen anschlossen. An diesem Abend waren sie die einzigen Gäste in der Schänke und so konnten sie, an einem Tisch an der Feuerstelle sitzend, zusammen über ihre Erinnerungen nachdenken. Sowohl Thorsten als auch Matthias hatten durch diesen Mann ihre Angehörigen verloren und beide wollten sie sich dafür an ihm rächen. Sie wollten ihm ihre Vorwürfe ins Gesicht sagen und ihm in die Augen sehen. Sie wollten wissen was für ein Mensch das war, der so ein großes Unglück über sie beide gebracht hatte. Letztendlich hatte er sie aber auch zusammengebracht gab Matthias zu bedenken.

Am nächsten Morgen bezahlten sie ihre Unterkunft und machten sich schweigend auf den Weg zu ihrem Ziel. Ein jeder dachte noch einmal darüber nach das heute etwas enden könnte was so lange gedauert hatte. Wie würde sich der ehemalige Anführer verhalten? Würde er kämpfen? Sich wehren? Sie überquerten den kleinen Fluss und ritten einen Hügel hinauf. Von dort oben konnten sie das Haus schon in der Ferne sehen. Es stand an einem Waldrand und ein paar Ochsen weideten davor. Ein alter Mann saß auf einer Bank vor dem Haus. Aus der Beschreibung von Andreas hatten sie gefolgert, dass dies der gesuchte Anführer ist. Sie banden ihre Pferde an einen Baum und gingen langsam auf den alten Mann zu.

Der kleine, grauhaarige Mann schaute sie an und erhob sich von seiner Bank. Er musste sich auf seinen Stock stützen während er langsam auf sie zu kam. Thorsten zog sein Schwert und erhob es während der alte Mann wimmernd auf die Knie fiel und wissen wollte, warum und wofür die beiden jungen Männer ihn bestrafen wollten. Thorsten erzählte von seinem Dorf und schaute dem alten Mann dabei in die weit aufgerissenen Augen. Der wimmerte immer noch und Thorsten zögerte einen Moment. Aus dem Augenwinkel sah er zwei kleine Kinder, kaum älter als er damals, vor die Hütte laufen. Vor Schreck erstarrt blieben die beiden Kinder stehen. Thorsten überlegte, wollten seine Ahnen wirklich, dass er diesen alten und wehrlosen Mann tötete? Er ließ sein Schwert sinken und sprach zu dem Mann "Du wirst für den Rest deines Lebens mit deiner Schuld leben müssen. Du hast das Leben so vieler Menschen zerstört oder ausgelöscht. Wie könnte ich dich im Angesicht deiner beiden Enkel töten? Wäre ich dann nicht so wie du?" Er steckte das Schwert ein, drehte sich um und lies den wimmernden alten Mann dort knien. Die beiden Enkel stürzten auf ihren Großvater zu und halfen ihm auf.

Thorsten und Matthias gingen zu ihren Pferden und ohne sich noch einmal umzudrehen machten sie sich auf den Weg nach Hause zu ihren Familien.

17. Kapitel

Ein neuer Gott

Gemeinsam ritten sie nun Seite an Seite. Matthias hatte erkannt, dass sie beide sehr viel verband. Zusammen hatten sie entschieden den alten Mann zu verschonen, auch wenn er nichts gesagt hatte so hatte ihn Thorsten doch verstanden. Am Abend trafen sie wieder in der Schenke ein. Diesmal waren aber noch mehr Gäste da. Auch ein paar Mönche die sich auf einer Wallfahrt befanden waren eingekehrt. Nach Einbruch der Dunkelheit trafen sich alle im Schankraum, die Mönche waren abseits an einem Tisch und nahmen ihr kärgliches, mitgebrachtes Mahl aus Wasser und Brot ein. An den anderen Tischen waren ein paar Händler und Krieger die sich mit Braten und Wein vom Wirt versorgen ließen.

Thorsten und Matthias betraten den Raum zuletzt und schauten sich nach einem Tisch um. Neben dem Tisch der Mönche war noch ein Tisch frei und sie setzten sich dort hin. Sie wollten noch einmal das erlebte besprechen und dabei wurde ihr Gespräch von einem der Mönche aufgeschnappt der sich an die beiden wand und bat sich an ihren Tisch zu setzen. Der Mönch war in ihrem Alter und es stellte sich heraus, dass er auch ein Sachse war. Vor vielen Jahren war er in das Kloster eingetreten und nun war dies seine erste Wallfahrt. Sie wollten nach Rom und der Weg war noch weit. Vor Wochen waren sie an der Elbe aufgebrochen und schon eine Weile durch den Wald gezogen.

In ihrem Gespräch kamen sie nun auch auf den neuen Gott zu sprechen den Thorsten mit seiner Taufe akzeptiert aber noch nicht verstanden hatte. Thorsten verglich ihn immer mit seinen alten Göttern aber er hatte noch niemand gefunden der im helfen konnte seinen Fragen dazu zu beantworten. In dem Mönch hatte er nun einen gefunden der so wie er mit den alten Göttern aufgewachsen und diesen neuen Gott akzeptiert hatte. Gleichzeitig kamen sie auch auf ihr Erlebnis mit dem alten Mann zu sprechen. Der Mönch erklärte ihnen das der neue Gott ein barmherziger Gott sei der sich gerade darin von den alten Göttern unterschied. Thorsten lenkte ein "Wenn dieser neue Gott so barmherzig ist wie konnte er dann zulassen das meine ganze Familie in seinem Namen getötet wurde? Wie konnte er dieses Leid aber auch das von Matthias hier zulassen?" Der Mönch führte aus das auch dies vielleicht eine Prüfung war. Sowohl für den alten Mann als auch für Thorsten und Matthias.

Matthias grübelte nach und fragte "Haben wir diese Prüfung bestanden? Und was ist mit dem alten Mann?" "Durch eure Vergebung für den alten Mann habt ihr die Prüfung bestanden und was den alten Mann anbetrifft, er wird sich für seine Taten bald vor Gott rechtfertigen müssen und dieser wird ihn dann schon gebührend in Empfang nehmen." antwortete der Mönch. Wie zur Bestätigung seiner Worte flackerte das Talglicht auf dem Tisch und die Flamme tanzte hin und her.

Durch das Gespräch aufmerksam geworden kamen nun auch die anderen Mönche an den Tisch herüber. Wie sich im Gespräch zeigte waren nur zwei von ihnen Franken, die so wie Matthias mit diesem Gott aufgewachsen waren, die anderen fünf waren Sachsen aus den verschiedenen Gegenden die in das Kloster eingetreten waren. Ein etwas dickerer Mönch führte an, dass er erst im Kloster lesen und schreiben gelernt hatte und er nun auch sehr alte Bücher im Kloster lesen konnte. Sie alle waren Benediktinermönche die im Kloster weiter ihren alten Tätigkeiten nachgingen. Einer braute Bier, ein paar versorgten das Vieh und andere arbeiteten im Garten.

Es wurde langsam spät und in der Schänke saßen nur noch die Mönche, Matthias und Thorsten die anderen Gäste waren schon zur Nacht in das Gästehaus der Schänke gegangen. Nur noch an ihrem Tisch brannte das Licht und der Feuerschein aus der Kochstelle beleuchtete die Szene mit dem roten Schein der Flammen. Die niedrige Holzdecke zeichnete sich noch viel dunkler ab und drückte von ober auf die Runde herab.

Immer wieder kam das Gespräch auf diesen mildtätigen Gott der seinen Sohn für die Erlösung der Menschen geopfert hatte. Opfergaben für die Götter kannte auch Thorsten, aber Menschenopfer? Das war ihm alles noch etwas fremd. Er wollte die Mönche zu einem Bier einladen doch diese lehnten, mit einem Verweis auf ihre Wallfahrt, dankend ab. Thorsten fragte auch noch ob sie einen Sachsen mit Namen Siegbert kannten, mit dem er damals in der Schlacht gekämpft hatte. Die Mönche horchten auf und antworteten, dass der Abt ihres Klosters Siegbert hieß. Thorsten beschrieb ihn und die Mönche nickten. Ja, das war ihr Abt. Nach den Kämpfen hatte er sich in das Kloster zurück gezogen und war nun dort der Abt. Thorsten war über diese Entwicklung sehr erstaunt. Vielleicht würde er ihn mal wieder treffen. Der Wirt kam noch einmal an den Tisch aber die Gesprächsrunde wollte nichts mehr bestellen und so zahlte Thorsten die Zeche für den Abend. Danach zog sich auch der Wirt zurück.

Nach einer langen und anregenden Diskussion gingen alle in ihre Betten. Am nächsten Morgen verabschiedete man sich vor der Schänke. Die Mönche zogen durch die Furt über den Fluss in Richtung Süden nach Rom weiter und die beiden Reiter wollten nach Norden zu ihren Familien. Thorsten hatte aus dem Gespräch mit den Mönchen viel für sich herausgenommen, obwohl er immer noch nicht alles wusste was er über diesen neuen Gott wissen wollte. Neben Matthias ritt er schweigend die Straße entlang. Am Mittag des Tages trafen sie im Heimatdorf von Matthias ein. Thomas wollte sofort wissen was passiert war und zusammen gingen die drei zu der kleinen Kirche am Rande des Dorfes. Auf dem Weg dahin kamen sie am Grab von Matthias Vater vorbei und dort hielten sie einen Moment inne.

In der Kirche trafen sie auf den Pfarrer, der Thorsten nicht so wohlgesonnen war. Für ihn war er als Sachse kein wahrer und guter Christ. Alle drei schilderten ihren Ausflug und wie die Rache ausgegangen war. Der Pfarrer erschrak zunächst, mit Rache wollte er nichts zu tun haben, doch nach dem Abschluss der Erzählung musste auch er sich eingestehen, dass er Thorsten falsch beurteilt hatte. Es steckte sehr viel mehr Menschlichkeit und Christentum in Thorsten als er geglaubt hatte. Insgeheim dachte er sich das Thorsten vielleicht ein noch besserer Christ war als er selbst.

18. Kapitel

Ein langer Zug

In den letzten zwei Jahren war zwischen Matthias und Torsten eine Freundschaft entstanden die durch das gemeinsame Schicksal immer fester wurde. Matthias war sogar in das Dorf von Thorsten gezogen aber jetzt kam eine Zeit, in der diese Freundschaft auf die Probe gestellt wurde. König Karl wollte die Sachsen immer mehr aus dem Land haben und vertrieb diese an die Ränder ihres ursprünglichen Gebietes. Die Dörfer wollte er mit fränkischen Siedlern bevölkern. Matthias hätte also bleiben können während die Sachsen, und damit auch Thorsten und seine Familie, wegziehen sollten.

Die beiden berieten sich und Matthias fasste den Entschluss mit den Sachsen nach Osten aufzubrechen und auch für sich eine neue Heimat zu finden. Gemeinsam mit den anderen Dorfbewohnern überlegte er wo sie hinziehen sollten. Thorsten fiel wieder sein alter Freund Siegbert ein. Er wollte ihn ja schon lange mal wieder besuchen. Zusammen mit Matthias ritt er darum los, um ihn in seinem Kloster an der Elbe zu aufzusuchen. Vielleicht konnten sie dort auch eine neue Bleibe finden.

Sie waren eine Woche unterwegs, nachts blieben sie in Schänken oder auf Lichtungen im Wald. Abends am Feuer saßen sie zusammen und erzählten immer von ihrer Vergangenheit. Dabei kamen sie auch darauf, dass sie sich damals in der Schlacht gegenüberstanden die für sie beide die erste gewesen war. Am Morgen des siebenten Tages konnten sie dann das Kloster erkennen. Es war aus Holz gebaut und von einem kleinen Dorf umgeben.

Sie klopften an das große Tor und die schweren Holztorflügel schwangen knarrend auf. Im Eingang stand Siegbert, er erkannte Thorsten sofort. Freudig fielen sich die beiden Freunde um den Hals. Thorsten stellte Matthias vor und dieser gab dem Abt die Hand. Siegbert bat die beiden ins Kloster. Er würde im Gästehaus ein Zimmer herrichten lassen und schickte einen Mönch zum Gästehaus hinüber. Ein weiterer Mönch nahm den beiden die Pferde ab und führte diese zum Stall hinüber. Thorsten, Matthias und Siegbert gingen zu dritt über den Hof des Klosters, an der Klosterkirche vorbei zum Speisesaal hinüber wo Siegbert eine kleine Stärkung für die Reisenden zubereitete. Sie setzten sich an den Tisch und Siegbert fragte nach dem Grund der Reise.

Thorsten erzählte von den Absichten Karls alle Sachsen umzusiedeln und von der Suche nach einem neuen Zuhause. Siegbert nickte davon hatte er auch schon gehört. In der Nähe lag ein kleines Dorf in dem durch die Kriege viele Häuser verwaist waren. Das es sein Heimatdorf war verschwieg er aber dabei. Am nächsten Tag wollten sie dorthin reiten um es sich anzusehen. Er musste nun zur Abendandacht und die beiden Reisenden machten sich auf den Weg zum Gästehaus des Klosters wo sie schlafen sollten. Sie gingen an den Ställen vorbei und von überall sahen sie Mönche die sich auf den Weg zur Andacht machten. Aus dem Garten trat der Mönch den die beiden damals in der Schänke getroffen hatten. Die drei begrüßten sich freudig aber der Mönch musste sich beeilen. Am nächsten Tag würde man sich bestimmt noch hier im Kloster treffen.

Nach der Morgenandacht kam Siegbert zum Gästehaus herüber um seine beiden Gäste abzuholen. Er hatte den Mönch dabei der die beiden schon getroffen hatten. Er stellt sich nun mit seinem Namen vor der Theofil lautete. Diesen Namen hatte er sich erst im Kloster gegeben. Seinen alten sächsischen Namen hatte er abgelegt. Zu viert wollten sie nun in das Dorf reiten und gegen Mittag würden sie dort sein. Es ging über eine große freie Fläche die von vielen Feldern und einigen kleinen Dörfern unterbrochen wurde. Die Straße führte zu einem großen Wald der sich schon am Horizont abzeichnete. Vor dem Wald lag ein kleines Dorf, das von einer Hecke umgeben war so wie Thorsten auch sein ehemaliges Heimatdorf in Erinnerung hatte. Die Hecke war an drei Stellen unterbrochen und in einer dieser Unterbrechung stand eine Frau mit langen dunklen Haaren und sah die Reiter kommen. Sie winkte ihnen zu und Siegbert winkte zurück. Er sagte "Das ist Sieglinde, meine Schwester."

Nach ein paar Minuten waren die Reiter am Dorf angekommen und saßen von ihren Pferden ab. Sie banden die Pferde an einen Baum und Siebert ging zu seiner Schwester. Die beiden fielen sich in die Arme. Nun traten die anderen drei zu den beiden. Zuerst gab Thorsten ihr die Hand und dann Matthias. Als sich die Blicke von Sieglinde und Matthias trafen konnten sie nicht mehr voneinander wegsehen. Alles um sie herum war sofort vergessen. Die beiden hatten sich sofort ineinander verliebt. Matthias war noch nicht verheiratete und Sieglinde hatte ihren Mann vor ein paar Jahren im Krieg verloren. So kamen beide im selben Moment darauf zusammen zu bleiben und Siegbert besiegelte die Verbindung sofort mit Freude.

Die vier, zusammen mit Sieglinde, schauten sich in dem Dorf um und Thorsten stellte fest, dass für die Bewohner ihres Dorfes hier noch genug Platz war. Am Abend traf man sich am Feuer im Zentrum des Dorfes mit allen Bewohnern und besiegelte die Umzugs- und Zuzugspläne. Am nächsten Tag würde Thorsten wieder zurück in das Dorf reiten und alles Vorbereiten. Matthias würde dann später zum Umzug dazu kommen und den Zug begleiten. Eine Woche würde die Vorbereitung dauern in der er bei Sieglinde bleiben und hier im Dorf alles Vorbereiten würde.

Wie beschlossen verabschiedeten sich die vier Reiter am nächsten Morgen voneinander. Die beiden Mönche ritten in ihr Kloster und Thorsten machte sich auf den Weg in sein Dorf. Alleine kam Thorsten viel schneller voran und war bereits am fünften Tag wieder bei seiner Frau. Dort angekommen fingen alle im Dorf an die nötigsten Sachen für den Umzug zusammen zu suchen und bereit zu stellen. Alles was noch zu gebrauchen war wurde auf die Ochsenkarren verladen und als nach einer Woche Matthias eintraf war das Dorf mit all seinen Bewohner bereit für die große Reise.

Mit zwanzig Ochsenkarren, allem Vieh und allen Bewohnern ging es langsam auf den Weg. In der Nacht fuhr man die Wagen im Kreis auf und lies das Vieh innerhalb des Kreises. Die Männer kontrollierten außen und Frauen sowie Kinder schliefen auf den Wagen. So fuhr man von Lichtung zu Lichtung, von Freifläche zu Freifläche. Thorsten und Matthias erkundeten den Weg abwechselnd voraus und legten jeweils die Lagerplätze fest. Nach zwei langen Wochen war das neue Dorf erreicht und alle konnten ihre neuen Hütten beziehen, die von Sieglinde und den Dorfbewohnern vorbereitet waren. Am Abend des ersten Tages gab es ein großes Willkommensfest bei dem ein am Tag zuvor im Wald erlegtes Schwein auf dem Feuer im Zentrum des Dorfes gebraten wurde.

So freundlich wie man hier willkommen geheißen wurde wollte man auf die neue Freundschaft anstoßen. Dazu hatte Thorsten ein Fass Bier besorgt, das allen hervorragend schmeckte. Am Feuer wurde gelacht und gesungen und später zogen sich alle in ihre alten oder neuen Hütten zurück. Hier und jetzt begann ein neues Leben für alle im Dorf.

19. Kapitel

Der Abt und der Dekan

Nun war es schon das Jahr 796. Thorsten, Matthias und die anderen lebten schon seit vier Jahre in ihrem neuen Dorf. Zu Siegbert im Kloster hatten sie alle ein gutes Verhältnis bekommen, da auch er aus dem Lande der Sachsen kam und für ihren alten Glauben Verständnis hatte. Er drückte auch mal bei dem ein oder anderen ein Auge zu wenn es um Glaubensfragen ging.

Fast jeden Sonntag wurde in der kleinen Kirche des Klosters der Gottesdienst für die Dörfer abgehalten und Siegbert konnte seine Ansichten des Glaubens besser an die Sachsen weitergeben als es die fränkischen Mönche sonst immer machten. An einem dieser Sonntage kamen nun Siegbert, Thorsten und Matthias nach dem Gottesdienst zusammen um zu überlegen wie man sich gegen Karls immer noch vorgebrachte Sachsenverfolgung wehren könnte. Ein offener Aufstand würde nichts bringen, so war man sich schnell einig, aber wie konnte man den König zum einlenken bringen?

Matthias kam nach kurzem überlegen wieder darauf, dass nur ein Mann Gottes in der Lage war den König umzustimmen, aber wer sollte das sein? Es musste jemand sein, an dessen Loyalität und an dessen Gottesglauben der König auch nicht den geringsten Zweifel haben würde. Ihm fiel ein, dass Thomas ihm einst von seiner Jugend im Kloster und von dem Abt des Klosters berichtet hatte. Dieser war ein enger Vertrauter von König Karl und wenn sie diesen Abt von ihrem Vorhaben überzeugen konnten, dann war es nur ein kleiner Schritt um den König zu beeinflussen. Siegbert sollte versuchen den Abt zu finden und Matthias würde mit Thomas Verbindung aufnehmen. Sie vereinbarten aber, das alle Schweigen mussten bis der Abt ins Vertrauen gezogen worden war, da sonst die Gefahr für alle Beteiligten zu groß war. Wenn Karl auch nur den Gedanken an eine Verschwörung hätte, würde er bestimmt nicht zögern sie alle sofort zu töten.

Am nächsten Morgen verabschiedete sich Matthias von Sieglinde und ritt zu Thomas. Siegbert kontaktierte ein paar Mönche um den Abt zu finden. Der Abt war schnell gefunden und verwies sie an den Dekan Alkuin der an der Schule in Aachen als Dozent tätig war. Gern würde er aber mit ihnen allen zu Alkuin reisen. So ritten nun Siegbert, der Abt und Thorsten los um Matthias und Thomas entgegen zu reiten. Sie trafen die beiden in einer Schänke auf dem halben Wege. Matthias hatte Thomas schon ins Vertrauen gezogen so dass sie sich am nächsten Morgen auf den Weg nach Aachen machen konnten.

Es dauerte fünf Tage, in denen sie durch den Wald ritten, dann erreichten sie die große Stadt und Thorsten staunte über die Häuser aus Stein. Er hatte zwar schon mal welche gesehen aber hier war alles aus Stein. Sie mieteten sich in einem Gästehaus ein und brachten die Pferde im Stall des Gästehauses unter. Danach machten sie sich auf den Weg durch die Stadt zu der Schule an der Alkuin lehrte. Ab und zu mussten sie zur Seite springen wenn ein Wagen durch die Straßen rollte oder ein Reiter mit seinem Pferd an ihnen vorüber ritt. In einigen Seitengassen und am Markt waren Stände aufgebaut an denen Händler Waren aus fernen Ländern oder Lebensmittel anboten. Der Abt kannte den Weg sonst hätten sie sich bestimmt in dem Wirrwarr der Gassen, Plätze und Straßen verlaufen.

Nach einem sehr abenteuerlichen Weg erreichten sie das Gebäude der Schule mit dem großen Tor. Sie erfragten den Weg zum Dekan und wurden von einem Schüler Alkuins durch die Flure zum Zimmer geführt. Der Schüler klopfte vorsichtig an und öffnete leise die Tür. Inmitten von Büchern saß, an einem Tisch in ein Schriftstück vertieft, ein älterer grauhaariger Mann. Durch das Geräusch der Tür aufgeschreckt schaute er auf die fünf Ankömmlinge. Er erkannte den Abt und kam, das Papier mit einer schnellen Handbewegung weglegend, freudig auf die Besucher zu. Er begrüßte sie alle schnell und fragte nach dem Begehren der Besucher. Sie setzten sich alle an einen kleinen Tisch von dem der Dekan erst noch ein paar Bücher in ein Regal stellen musste. Thomas fing an zu erzählen und das Gespräch einzuleiten indem er alle Vorstellte.

Als nächster begann Thorsten von den Massentaufen und der Verfolgung der Sachsen zu erzählen. Siegbert bestätigte mit einem nicken diese Praktiken Karls und der Abt fügte hinzu, dass eine Taufe freiwillig zu erfolgen habe und eine Einsicht in den Glauben voraussetzt. Auch die Verfolgung der Sachsen konnte nicht mehr im Sinne Gottes sein, da viele Sachsen bereits getaufte Christen waren und dennoch verfolgt und vertrieben wurden. Der Dekan stimmte den fünf Besuchern in allen Punkten zu. Er versprach ihnen mit Karl darüber zu sprechen und ihn zur Mäßigung aufzurufen, auch wenn ihn das seine Anstellung als Dekan kosten würde. Gleichzeitig versprach er nicht zu verraten wer ihn beauftragt hatte. Die fünf Reisenden verabschiedeten sich und waren froh so einen wertvollen Fürsprecher, der auch noch verschwiegen war, gewonnen zu haben.

Sie machten sich wieder auf den Weg durch Aachen zu ihrem Gästehaus. Mittlerweile war es dunkel geworden und in der Stadt waren Fackeln und Feuer angezündet um den Weg zu weisen. Von den Nachtwächtern wurden diese Feuer kontrolliert und ein Brand verhindert. Thorsten staunte, in ihrem Dorf war es nach Einbruch der Dunkelheit ruhig da sich alle danach in die Hütten zurückzogen, doch hier in der Stadt waren auch Nachts noch viele Menschen auf der Straße unterwegs. Im Gästehaus angekommen feierten die fünf Reisenden ihren Erfolg mit einem festlichen Mahl, welches auch die beiden Mönche nicht ablehnten, bevor sich alle in ihre Zimmer für die Nacht zurückzogen.

So ein Zimmer hatte Thorsten noch nie gesehen. In ihrem Dorf war das Bett nur ein Kasten in den man Stroh schüttete und sich darauf legte. Auch in den Gästehäusern an der Straße war das so. Mehrere Gäste teilten sich ein Lager. Die Satteltaschen legte man sich unter den Kopf und die Decke bekam man entweder vom Wirt des Gästehauses oder man musste die Pferdedecke nehmen, aber hier in der großen Stadt war das anders. Jeder Gast hatte ein Zimmer. Die Tür ließ sich von innen mit einem Haken verschließen. Das Bett war zwar immer noch ein Rahmen auf der Erde aber das Stroh war in einen Sack eingenäht. Ein kleinerer Beutel mit Stroh war für den Kopf vorgesehen und eine Decke lag auch schon bereit. Thorsten legte sich hinein und war im Nu eingeschlafen nach der langen, aufregenden Reise.

Am nächsten Morgen ritten sie aus der Stadt, als sie das Tor der Stadt passiert hatten verabschiedeten sie sich und danach zogen Thomas, Thorsten sowie Matthias wieder zurück in ihre Heimatdörfer und die beiden Kirchenmänner in ihre Kloster. Der Dekan hielt wirklich Wort. Er schrieb einen Brief und sprach mit Karl. Seine Reden hatten einen großen Einfluss auf Karl, es kann auch sein das durch das Alter Karl die Einsicht mehr Wirkung auf ihn hatte, dass er sich für sein Tun bald vor Gott rechtfertigen müsse und wenn so ein weiser Kirchenmann ihn schon kritisierte was würde Gott ihm dann sagen wenn er vor ihm stehen würde? Immerhin war Karl ja schon fast 50 Jahre alt. Die Verfolgungen wurden eingestellt und auch die massenhaften Taufen wurden nicht mehr durchgeführt. Karl zeigte sich nun etwas einsichtiger den Sachsen gegenüber.

20. Kapitel

Gemeinsam kämpfen

Drei Jahre sind seit dem Ausflug nach Aachen vergangen und Thorsten erzählte immer noch gern im Dorf vom Leben in der großen Stadt. Von den vielen Menschen und alle hörten ihm immer wieder zu. Matthias und er waren jetzt auch hier im Dorf Nachbarn. Ihre beiden Hütten standen nebeneinander und die Kinder spielten oft zusammen. Sein jüngster Sohn war zwei Jahre alt und genauso alt wie Matthias Tochter. Zu zweit machten die beiden Kinder das ganze Dorf unsicher, immer überwacht von Gundula oder Sieglinde, die sich ebenfalls beide sehr gut verstanden und Freundinnen geworden waren. An diesem Tag kam Thomas in das Dorf geritten und als er sein Pferd in den Stall führte kam schon seine Enkelin auf ihn zugelaufen. Freudig nahm er sie auf den Arm und drückte sie.

Zusammen mit Thorstens Sohn an der Hand ging er auf Gundula zu die ihn begrüßte und danach setzten sich die beiden zusammen mit den Kindern auf die kleine Bank zwischen den beiden Hütten. Matthias und Thorsten waren auf der Jagd im Wald, wollten aber schon bald wieder im Dorf sein. Sieglinde trat vor ihr Haus und begrüßte ihren Schwiegervater dann setzte auch sie sich zu den beiden auf die Bank. Die beiden Kinder rannten schon wieder im Dorf umher und diesmal beaufsichtigte ein älterer Sohn von Thorsten die beiden.

Mit Pfeil und Bogen in der Hand sowie einem Reh auf einer Stange zwischen sich kamen nun auch Thorsten und Matthias an der Hecke vorbei zu dem Haus. Sie legten ihre Jagdbeute ab und gingen auf Thomas zu. "Schön dich wieder mal zu sehen. Ist schon lange her." grüßte Matthias Thomas und gab ihm die Hand. "Ja, viel zu lange." antwortete dieser. Danach gab er Thorsten die Hand. Die beiden

Frauen begannen das Reh zu zerlegen und die Männer setzten sich auf die Bank. "König Karl hat das Heer aufgerufen wieder gegen die Awaren zu ziehen. Widukind wird mit den sächsischen Kriegern diesmal ebenfalls am Feldzug teilnehmen." begann Thomas "Wir müssen schon morgen aufbrechen und uns am Sammelplatz des Heeres einfinden."

Thorsten und Matthias schauten sich an, so wie sie heute zusammen auf der Jagd im Wald waren so würden sie nun zusammen in den Krieg ziehen. Thorsten machte sich auf alle wehrhaften Männer des Dorfes zu informieren damit diese sich für den Aufbruch am nächsten Tag vorbereiten konnten. Matthias sprach "Dann soll das Reh heute Abend ein Festmahl für unsere Familie sein. Wer weiß wann wir wieder zusammen hier sitzen." Thomas nickte. Matthias stand auf und ging zu den beiden Frauen, die gerade das Reh auf den Spieß steckten, um sie zu informieren, danach ging er auf den Dorfplatz und bereitete das Feuer für das Reh vor.

Bei der Feier am Abend kam nicht so eine fröhliche Stimmung auf wie sonst. Alle hatten sich auf den Rehbraten gefreut, doch nun wurde es ja eine Abschiedsfeier für die Krieger und Ehemänner des Dorfes. Vor Jahren hatte Karl schon einen Feldzug gegen die Awaren geführt der aber gescheitert war. Thomas hatte ihnen davon erzählt und nun sollte ein neuer Feldzug stattfinden, diesmal mit den Sachsen als Teilnehmern. Als das Feuer nieder gebrannt war gingen darum alle schweigend in ihre Hütten.

Am nächsten Morgen sattelten sie ihre Pferde und verabschiedeten sich von ihren Familien, schnell brachen sie auf und ritten in den Wald. Der eine oder andere drehte sich noch einmal um und schaute zu den Familien zurück, die am Rand des Dorfes standen und winkten. Sie kamen gut und schnell voran und bereits am fünften Tag hatten sie den Sammelpunkt des Heeres erreicht. Thomas bat darum bei Matthias und Thorsten bleiben zu dürfen, was ihm auch von seinem Truppführer erlaubt wurde.

Als alle eingetroffen waren setzte sich der Zug in Bewegung, die sächsischen Kämpfer von Widukind angeführt. Vorn ritten die sächsischen Krieger und dahinter folgten die Teile des fränkischen Heeres mit den schweren Reitern. Die Awaren waren flinke Reiter, die mit ihren Bögen im vollen Galopp zielgenau schießen konnten. Die Sachsen setzten ihre lange geübte Taktik dagegen, schnell zu kontern und ebenfalls mit dem Bogen zu Kämpfen. Sie konnten zwar nicht im vollen Galopp schießen, doch ein jeder Pfeil traf sein Ziel. In der Jagd im Wald war das von den Sachsen jeden Tag geübt worden.

In der Zusammenarbeit mit den fränkischen Reitern blieb den Awaren kaum eine Chance für einen Erfolg. Diese Kombination aus leichten sächsischen Reitern, mit Pfeil und Bogen, sowie schwerer fränkischer Reiterei, mit Lanze und Schild, brachte den Sieg in vielen Gefechten. Seite an Seite ritten Matthias und Thorsten in den Kampf. In den kleinen Baumgruppen konnten sich die Awaren gut verbergen. Die kleinen Kämpfer auf ihren kleinen schnellen Pferden kamen kurz aus der Deckung heraus, schossen ihre Pfeile ab und verschwanden wieder. Mehr als einmal sausten Pfeile unmittelbar an Thorsten vorbei. Nur die Schnelligkeit seines Pferdes und seine Reaktion halfen ihm, nicht getroffen zu werden. Matthias hatte ja von Thomas ein Kettenhemd bekommen und dieses fing auf große Entfernung abgeschossene Pfeile gut ab.

Bei einem dieser Angriffe traf ein Pfeil den ungeschützten Arm vom Matthias. Schnell eilte Thorsten zu ihm und zog den Pfeil heraus. Danach verband er die Wunde, so wie es ihn einst seine Tante Hildegund im Moor beigebracht hatte. "Was die wohl jetzt macht?"

dachte sich Thorsten beim verbinden "Ich werde sie mal wieder besuchen, vielleicht ist sie ja noch dort im Moor in ihrer kleinen Hütte." Dann half er Matthias wieder auf sein Pferd. Mit dem verletzten Arm konnte dieser aber nun nicht mehr mit Pfeil und Bogen kämpfen sondern kämpfte nun mit Schild und Schwert. Er versuchte immer die Pfeile die in Thorstens Richtung flogen mit dem Schild abzufangen. Schon bald sah sein Schild aus wie ein Igel. Er streifte die stecken gebliebenen Pfeile mit einer schnellen Bewegung des Schwertes ab und warf sich wieder in den Kampf.

Am Abend dieses Tages verabschiedete sich Matthias aus dem Heer und machte sich auf den Weg zurück mit einem Teil des Trosses. Thorsten würde weiter kämpfen bis dieser Feldzug zu Ende ist. Er verabschiedete sich von ihm mit den Worten "Sei vorsichtig auf dem Weg und wenn du zu Hause bist grüß meine Frau und sag ihr ich bin bald wieder zurück."

Matthias brauchte fast zwei Wochen bis nach Hause, aber die Wunde heilte gut. Die Kräuter, die ihm Thorsten auf die Wunde getan hatte, sorgten dafür, dass diese sich schnell schloss. Nach weiteren zwei Wochen kam auch Thorsten zu Hause an, der Feldzug war zu Ende und die Awaren waren besiegt worden. Widukind war bei den Kämpfen gefallen und einige Sachsen mit ihm, im Großen und Ganzen hatten sie aber geringe Verluste gehabt. Thorsten nahm seine Frau in den Arm und drückte seine Kinder. Auch für sie hatte er gekämpft so wie es alle Sachsen vor ihm getan und nach ihm tun würden.

21. Kapitel

Ein neuer Kaiser

Als Thorsten wieder in seinem Dorf angekommen war wollte er versuchen den Verbleib seiner Tante Hildegund zu klären. War sie noch in der kleinen Hütte im Moor? Jetzt hier an der Elbe waren sie ja weit weg von ihrem ehemaligen zu Hause und auch von diesem Moor. Im Sommer des folgenden Jahres machte er sich daher auf den Weg. Er verabschiedete sich von Frau und Kindern, sattelte sein Pferd und ritt los.

Nach einer Woche war er an seinem ursprünglichen Dorf angekommen. In seinem alten Haus wohnten nun fränkische Siedler die ihn argwöhnisch betrachteten. Er fragte sie "Habt ihr was von einer Frau im Moor gehört seit ihr hier wohnt?" doch niemand kannte sie. Alle die er fragte schüttelten nur den Kopf. Also ritt er in das Moor hinein. Der Weg war ihm auch nach so langer Zeit immer noch vertraut. Als er die kleine Hütte erreichte sah er schon am eingefallenen Dach, das dort schon sehr lange niemand mehr lebte. "Was war mit Hildegund passiert" fragte er sich "lebt sie noch? Und wenn ja, wo ist sie? Wer konnte das wissen?". Ihm fiel eine Verwandte ein, eine Schwester seiner Mutter, so wie Hildegund, die in einem fernen Dorf lebte. Diese war seine einzige noch lebende Verwandte, Hildegund mal ausgenommen. Vielleicht wusste diese wo sie war.

Er machte sich wieder auf den Weg und nach ein paar Tagen erreichte er das kleine Dorf an dem großen Fluss, von dem seine Mutter ihm immer als Kind erzählt hatte. Ein paar Hütten so wie in seinem Dorf und ein kleiner Brunnen direkt am Rande des Dorfes. Dort traf er auf eine ältere Frau die ihm bekannt vorkam. Er fragte sie und diese fiel ihm sofort um den Hals. Da wusste er dass, er seine Tante getroffen hatte. Sie bat ihn in die kleine Hütte herein und er fragte sie ob sie was von Hildegund wusste. "Ja, ich weiß wo sie ist" antwortete seine Tante "sie ist im Kloster auf der anderen Seite des Flusses. Sie kommt uns ab und zu mal besuchen." Thorsten beschloss in dem kleinen Dorf bei seiner Tante zu übernachten und am nächsten Tag zum Kloster zu reiten. Abends wurde er bewirtet und seine Ankunft wurde gefeiert. Am nächsten Morgen machte er sich auf den Weg.

Als er den Fluss überquert hatte sah er schon das Kloster am Horizont mit der Klosterkapelle. Schnell ritt er darauf zu und schon gegen Mittag klopfte er an das große Tor. Eine Nonne machte ihm auf und bei der Fragen nach Hildegund zeigte sie auf das kleine Gärtchen und sagte "Du kannst sie nicht verfehlen, sie sitzt immer an dem Rosenbusch." Als Thorsten den Garten betrat schaute Hildegund auf und sie freute sich, dass ihr Neffe sie besuchen kam. "Mir geht es hier sehr gut. Ich darf Menschen helfen und das ist es was ich schon immer machen wollte." sagte sie ohne das er gefragt hatte.

Als er wusste, dass es ihr gut ging machte er sich wieder auf den Weg zurück. Nicht aber, bevor er ihr für die guten Kräutertipps gedankt hatte, die ihm schon so oft geholfen hatten in den Kämpfen seit damals. Schneller als auf der Suche hin war er auch wieder zurück in seinem Dorf und grüßte Gundula von ihr. Diese war ebenfalls sehr erleichtert, dass es Hildegund gut ging.

Zum Ende des Herbstes im gleichen Jahr besuchte Thomas wieder mal das kleine Dorf. Auf der Bank sitzend sagte er zu Thorsten und Matthias "Habt ihr nicht Lust mit mir nach Aachen zu reisen? Wir könnten auch den Dekan besuchen und ihm für seine Hilfe danken." Die beiden Männer stimmten nach kurzem überlegen zu. Im Herbst und Winter war in ihrem Dorf nicht viel zu tun.

Anfang Dezember machten sich die drei Männer auf den Weg zu der fernen Stadt. Sie kamen etwas langsamer voran, weil sie sich nur auf den Straßen bewegen konnten. Im Wald lag einfach zu viel Schnee und mit den Pferden war da kein Durchkommen mehr.

Nach drei Wochen hatten sie, kurz vor Weihnachten des Jahres 800, Aachen erreicht. In der Stadt waren fast alle Gästehäuser belegt wegen der großen Feier die dort zu Weihnachten stattfinden sollte. In ihrer alten Unterkunft konnten sie aber noch drei Plätze finden. Der Wirt begrüßte sie. Auch wenn es schon ein paar Jahre her war hatte er sie doch sofort erkannt.

Am nächsten Morgen machten sie sich auf um den Dekan zu besuchen. In seiner alten Schule wurde ihnen von einem Schüler mitgeteilt, dass dieser bereits vor ein paar Jahren in die Abtei Saint-Martin de Tours versetzt worden war. Thorsten und Matthias hatten die Vermutung, dass dies mit der Kritik an Karl zu tun hatte. Im Gedanken baten sie ihn um Verzeihung, aber der Erfolg gab ihrem Auftrag von damals auch heute noch Recht.

Wieder auf der Straße vor der Schule sahen sie einen bunten Zug von Menschen die einem Wagen folgten, auf dem der Bischof saß. Er winkte den Menschen am Straßenrand zu. Die ganze Stadt war jetzt schon festlich geschmückt. Die bunten Wimpel zusammen mit dem Schnee auf den Dächern und Straßen ergab ein schönes Bild, auch wenn in einigen Nebenstraßen Schmutz und Unrat lag, der aber von neuen Schneefällen sorgfältig überdeckt wurde und so alles schön Weiß hielt. Die drei Männer machten sich auf die Suche nach ein paar Geschenken für die Frauen und Kinder mit denen sie diese überraschen konnten.

Sie erfuhren in der Stadt das König Karl bereits im Sommer nach Rom gezogen war und den Winter über dort bleiben würde. So war sein Thron in der Stadt nicht besetzt und er würde auch nicht an der Weihnachtsfeierlichkeit teilnehmen. Im Dom konnten sie seinen Thron sehen, als sie dort an der Weihnachtsfeier teilnahmen und den Segen des Bischofs empfingen. Am nächsten Tag machten sie sich auf den Weg zurück in ihr Dorf. Voll beladen mit vielen Geschenken und zufrieden, auch wenn sie den Dekan nicht angetroffen hatten.

Als Thorsten und Matthias ihr Dorf erreichten standen die Kinder schon an der Hecke. Auch wenn viel Schnee lag wollte doch jeder der Erste sein und vielleicht das größte Geschenk für sich beanspruchen. Wenn es auch unüblich war, sich was zu Weihnachten zu schenken, so war es doch so, dass die beiden Männer immer von ihren Reisen etwas mitbrachten. Als sie vom Pferd absaßen stürzten sich die Kinder auf die Taschen die ihnen die beiden Väter fast widerstandslos mit einem Lächeln im Gesicht überließen. Vorsorglich hatten sie nur die Geschenke für die Kinder in der Tasche gelassen. Sie kannten ja ihre Familien.

Im Frühjahr erfuhren sie an einem Sonntag in der Kirche von Siegbert, dass Karl in Rom zum Kaiser gekrönt worden war. Genau an dem Tag, als sie damals in Aachen im Dom waren, hatte Papst Leo III Karl die Krone aufgesetzt, auch wenn der sich dagegen gewehrt hatte. Aber gekrönt ist gekrönt. So hatten sie also nun, erstmals seit ein paar hundert Jahren, wieder einen Kaiser. Für sie im Dorf änderte das nichts. Was sollte es auch anders machen? Es war ja nur ein Titel.

22. Kapitel

Neue Nachbarn

Nicht weit von ihrem Dorf lag die Elbe und diese war die Grenze zwischen dem Land der Sachsen und dem der Slawen auf der anderen Seite. Wie ein silbernes Band zog sie sich durch das Land und teilte auch den Glauben der Leute. Hier war früher Odin verehrt worden und nun Jesus und auf der anderen Seite wurde immer noch der alte Slawische Glaube an den Gott Svarog praktiziert. Wie einst die Sachsen so feierten die Slawen ihre Gottheit immer noch im Freien und in Eichenhainen.

An einer Stelle wo die Elbe nicht so tief war gab es eine Furt und dort war zum Schutz dieser Furt eine Burg errichtet worden. Ein kleines Städtchen hatte sich links und rechts der Burg gebildet und die kleine Kirche von Siegberts Kloster war auch ganz in der Nähe. An dieser Furt konnte man die Elbe zum Handeln überqueren. In der Stadt wurden dann die Waren gehandelt, wenn man nicht selber in das slawische Gebiet reisen wollte oder konnte. Zu den Markttagen trafen dort beide Welten aufeinander.

Mit dem Pferd war man in etwa drei Stunden vom Dorf aus in der Stadt und an dieser Furt. Thorsten und Matthias wollten zusammen einfach mal einen Ausflug machen und vielleicht konnte man ja was zum Handeln im slawischen Gebiet eintauschen. Sie hatten ein paar Schmuckstücke, Kämme und Messer in eine Tasche eingepackt. Dazu nahmen sie noch Verpflegung mit und verabschiedeten sich bei ihren Frauen. Gemeinsam ritten sie am frühen Morgen eines schönen Frühsommertages los. Das Gras wiegte sich im lauen Sommerwind und ein paar Ochsen standen am Wegesrand neben dem Dorf. Drei größere Kinder beaufsichtigten die Tiere und grüßten die Reiter die vorbei zogen.

Den Weg in die Stadt kannten die beiden gut. Schon oft waren sie zu Siegbert geritten und genau so oft hatten sie die Elbe dort gesehen. Der dunkle Wald auf der anderen Seite war so dicht wie der Ihrige einst gewesen war. Thorsten konnte sich noch erinnern wie er als Kind mit seinem Hund durch den Wald gelaufen war. Jetzt wurde immer mehr Wald auf ihre Seite gerodet. Man brauchte Holz für neue Häuser, für die kleine Stadt und auch das Kloster. Durch die Rodung entstand auch Weide- und Ackerland, das sie für ihre Versorgung benötigten. Früher hatte man nur gejagt oder Vieh gehalten und das auch noch im Wald, aber Matthias hatte ihnen auch gezeigt wie man Korn anbaute. Ein paar kleine Felder gab es schon rund um das Dorf und seit dem musste immer jemand auf die Tiere aufpassen, damit diese nicht das Korn abfraßen.

An einem dieser Felder ritten sie gerade entlang. Das Korn war schon halbhoch und wuchs gut in dieser Erde. Besser noch als es in seiner alten Heimat gewachsen war dachte Matthias. Vor sich sahen sie schon die ersten Häuser der kleinen Stadt. Am Rande waren noch Holzhäuser aber innen, im Zentrum der Stadt, gab es schon Häuser aus Stein, wie sie diese damals in Aachen gesehen hatten. Vor sich sahen sie schon die Furt. Jetzt im Frühsommer war nicht so viel Wasser in der Elbe. Im Frühjahr nach der Schneeschmelze war oft Wochenlang kein Durchkommen, weil die Elbe zu einem reißenden Strom wurde, doch heute plätscherte sie einfach nur ganz langsam dahin. Als sie durch den Fluss ritten reichte das Wasser an der tiefsten Stelle nicht einmal bis zu ihren Füßen. Schnell waren sie durch und auf der anderen Seite schauten sie noch einmal zurück auf die Stadt am anderen Ufer bevor sie in den Wald ritten.

Eine breite Schneise zog sich durch den Wald. Hier fuhren die Wagen der Händler entlang, doch die beiden wollten Abseits der Händlerroute reisen und das Land erkunden. Sie waren bewaffnet und wehrhaft, was konnte ihnen schon passieren? Also bogen sie an der ersten Möglichkeit von der breiten Schneise in einen schmalen Waldweg ein, dem sie lange folgten. Als es schon langsam zu Dämmern begann sahen sie vor sich eine Lichtung und darauf ein Dorf. Sie beeilten sich noch vor Einbruch der Dunkelheit dort zu sein, den Thorsten wusste, das die Dörfer auf ihrer Seite früher in der Nacht verschlossen wurden und warum sollte das hier, auf der slawischen Seite, heute nicht mehr so sein? Schließlich lebten diese Leute heute noch so wie er früher.

Bevor die Hecke mit einem Dornenzaun für die Nacht geschlossen wurde erreichten die beiden das Dorf. Am ersten Haus fragten sie nach "Dürfen wir eine Nacht bei euch im Dorf bleiben?" Da die Gastfreundschaft auch bei den Slawen das höchste Gut war wurde diese bitte gern erfüllt. Die Hausherrin bereitete eine Schlafstelle vor und der Hausherr, ein kleiner grauhaariger Mann in einem zu seiner Haarfarbe passenden Umhang, brachte die Pferde der beiden Reisenden in den Stall und versorgte diese. Als er damit fertig war stellte er ein festliches Mahl auf den Tisch und bat seine Gäste Platz zu nehmen. Durch den langen Ritt waren sie hungrig und nahmen dankend an.

Nach dem Mahl erzählte Thorsten von seinem Dorf und ihrem Leben und der Hausherr von seinem. Auch wenn er sich nur schwer mit dem anderen Verständigen konnte so war doch das Leben auf beiden Seiten fast gleich. Jagd und Viehzucht war das was die Slawen hier hauptsächlich machten, so wie die Sachsen einst auf der anderen Seite. Die Sprache, die Begriffe und die Götter unterschieden sich doch das Leben der Leute war gleich mühsam. Im Schein der Talglichter saßen die drei Männer am Tisch und erzählten mit Händen und Füßen von ihrem Leben, ihren Familien und ihren Plänen. Später am Abend gingen alle in ihre Schlafstädte, wo alle eine gute Nacht verbrachten.

Am nächsten Morgen stellte die Hausherrin wiederum ein festliches Mahl auf den Tisch, auch wenn die beiden Reisenden versuchten nur eine ganz normale Mahlzeit zu bekommen. Es gab schon wieder Braten von einem Tier das vermutlich im Wald gejagt worden war. Nach dem Frühstück wollten die beiden noch ihren Tauschhandel mit den Slawen machen und brachten ihre Taschen in die Hütte. Die Kämme wurde sie sofort bei den Frauen los, die sich an der Hütte versammelten. Als Gegenleistung für die Kämme und Messer erhielten sie von den slawischen Jägern schöne Fuchspelze sowie gelb braune durchsichtige Steine. In einem war eine Fliege eingeschlossen wie man durch den Stein sehen konnte. Thorsten und Matthias nahmen die Waren dankend an und machten sich auf den Rückweg.

Wenn sie sich beeilten waren sie noch vor dem Einbruch der Dunkelheit wieder an der Furt und am nächsten Tag wieder bei ihren Familien. Die würden bestimmt staunen, über die Geschichten und bestimmt auch über den seltsamen Stein mit der Fliege darin.

23. Kapitel

Frieden für alle?

Nach all den Streitigkeiten mit Karl sollte nun das Recht der Sachsen im Reich festgeschrieben werden. Dazu wurden aus allen Teilen Sachsens Abordnungen zum Reichstag geschickt, um dort das alte sächsische Recht in das neue Recht hinein zu schreiben. Auch Thorsten und Matthias waren in einer solchen Abordnung und nun schon wieder in Aachen eingetroffen. Direkt im Reichstag würden nur die sächsischen Ständevertreter sitzen aber die Abordnungen würden nach altem Recht darüber entscheiden ob das Recht für alle gut war oder nicht. Karl nannte das neue Recht sächsisches Volksrecht oder auf lateinisch Lex Saxonum. Vor der Entscheidung sollten die Sachsen nun darüber abstimmen.

Sie versammelten sich in Aachen in einem großen Gebäude. Früher wäre man dazu zum Thing gezogen, aber jetzt wurde alles nur noch in Gebäuden besprochen. Das war auch so etwas was ins neue Gesetzt sollte. Alles was die alten Götter oder die heidnischen Bräuche betraf wurde aus der Schrift entfernt und alles was die gesamte Rechtsprechung betraf wurde nun für alle bindend in das Recht hinein geschrieben. Ein jeder Sachse sollte sich daran halten. Würden sich aber die Franken auch daran halten? Das war die Frage welche die Sachsen am meisten beschäftigte. Die alten Rechte hinein zu schreiben war einfach, sie mussten nur formuliert werden und ein Schreiber fasste alles zusammen. Als man damit fertig war wurde die Schrift durch die Ständevertreter zum Reichstag gebracht.

Karl las sich die Schrift durch und mit seinem Siegel setzte er es als bindende Richtlinie auf sächsischem Gebiet ein. Nun mussten sich alle Sachsen daran halten. Das geschrieben Wort löste das gesprochene Wort ab, das Recht aber bleib gleich. Nichtsdestotrotz wurden die alten heidnischen Bräuche weiter befolgt. Die Gerichtstage wurden einfach an den Thingplätzen durchgeführt und die Kirchen auf den alten heidnischen Plätzen errichtet und wem man im stillen Gebet dort dankte konnte ja keiner Wissen. Als der Reichstag das Recht beschlossen hatte machten sich unsere beiden Freunde wieder auf den Weg nach Hause. Zuvor hatten sie natürlich ein paar Geschenke für die kleineren Kinder geholt.

Die Freude über das neue Recht der Sachsen hielt allerdings nicht lange. Es verging nicht einmal ein halbes Jahr bis Kaiser Karl die Maske fallen ließ. Das Recht hatte er unterzeichnet und so konnte er nicht offen dagegen verstoßen, doch er machte sich ein Schlupfloch des Gesetzes zu nutze. Das Recht sagte aus das es überall dort galt wo Sachsen wohnten. Wenn also an einem Ort keine Sachsen mehr wohnten, dann galt auch das Recht dort nicht mehr.

Immer mehr Sachsen wurden aus dem Norden und Westen Sachsens in den Osten vertrieben. Thorsten und Matthias bemerkten das daran, dass immer mehr Besiedlungszüge in ihrer Gegend eintrafen. Da wo früher nur ein Dorf war, da entstanden nun fünf im unmittelbaren Umkreis. Nicht dass es nicht genügend Platz hier gab, der Boden war fruchtbar und ergiebig, aber es war doch schon zu spüren, das dadurch eine gewisse Unruhe in das Land kam.

Karl wollte damit vermutlich einen Puffer mit erfahrenen Kämpfern zwischen sein Reich und das Gebiet der Slawen legen. Während die sächsischen Kräfte zersplittert waren und nicht mehr zu einem gemeinsamen Kamp zu bewegen waren hatte Karl mit seinem Heer die Möglichkeit das gesamte Gebiet nördlich der Elbe von den Sachsen zu befreien und dort seine fränkischen Siedler in die alten sächsischen Dörfer unterzubringen. Kleinere Aufstände zerschlug er schnell und nach all den Kämpfen der letzten 30 Jahren waren viele Sachsen nicht mehr bereit ihr Leben zu Opfern. Mehr oder weniger freiwillig fügten sie sich in ihr Schicksal.

Da Thorsten schon länger in dem Dorf lebte kamen nun die neuen Sachsen zu ihm und er legte fest, wo diese ihre Dörfer gründen sollten. Zusammen ritten die Vorstände der Dörfer ihre Bereiche ab und besiegelten dann die Verträge mit einem Handschlag. Die Bewohner des Dorfes halfen mit beim Häuserbau und Matthias zeigte den Neuankömmlingen wie und wo Getreide angebaut werden konnte. Thorsten und Matthias waren damit, durch diese Hilfe, die regionalen Vorstände und mussten die Angelegenheiten der Dörfer auch bei den fränkischen Landesherren vorbringen. Dazu nahmen sie sich immer sonntags nach dem Gottesdienst Zeit und sprachen beim Gerichtstag vor.

Da sie damals das sächsische Recht mit verabschiedet hatten kannten sie sich darin gut aus und mehr als einmal zeigten sie dem fränkischen Grafen wie er Recht sprechen sollte. Das gefiel diesem natürlich gar nicht aber sein eigener König hatte ja mit seiner Unterschrift dieses Recht in Kraft gesetzt und gegen seinen König konnte er nicht entscheiden. Um dem Grafen keine Möglichkeit zu einer Bestrafung zu geben mussten sich aber auch die beiden streng an das Gesetz halten. Ihnen war bewusst, dass dieser nur auf ein kleines Abweichen vom Gesetz wartete um sie von diesem Posten abzulösen.

Alles was zwischen den Dörfern geklärt werden konnte, und wozu der Lehnsherr nicht gebraucht wurde, das klärten die Vorstände der Dörfer am alten Thingplatz mitten im Wald. Dieser wurde kurzerhand zum Gerichtsplatz umbenannt und damit war dem Gesetz genüge getan. Nur Dinge die der Lehnsherr entscheiden musste wurden auch an ihn herangetragen. Dafür war, wie schon gesagt, der Gerichtsplatz in der Stadt eingerichtet. Nach dem Gottesdienst wurde somit durch den Lehnsherrn an diesem Platz Recht gesprochen. Für Dinge die zwischen den Lehnsherren geklärt werden mussten war der Kaiser zuständig. Von Zeit zu Zeit kam der Kaiser in eine Kaiserpfalz in der Nähe und entschied dann über die an ihn herangetragenen Fragen.

So war es im Recht festgeschrieben und so wurde es gemacht. Ein jeder richtete über die ihm unmittelbar unterstellten Menschen, nach seiner Entscheidung und nach seiner Auffassung von Recht und Gesetz. Und über allen stand der Kaiser der über jeden richten durfte. Konnte man sich nicht einigen ging man zum nächst höheren in der Rechtsprechung.

Damit war das Recht gesichert aber lebten dadurch alle im Frieden? Musste man nicht immer Angst haben, dass der Kaiser wiederum sein Wort brach? Unter den Sachsen hatte Kaiser Karl ja sowieso nicht viele Freunde, aber durch sein hartes Vorgehen ihnen gegenüber machte er sich noch mehr Feinde. Mehr als einmal mussten Thorsten oder Matthias die Gemüter der Dorfbewohner besänftigen. Hier, so direkt an der Grenze, war man relativ sicher. Zumindest was Karl betraf. Was konnte man aber von den Slawen erwarten? Warum siedelte Karl die Sachsen hier an? Hatte er einen Feldzug gegen die Slawen vor? Diese hingen ja auch noch ihrem alten Glauben nach.

24. Kapitel

In einem neuen Zuhause

Nachdem Kaiser Karl im Jahre 804 die letzten Sachsen vom nördlichen Elbestrand in den östlichen Teil Sachsens vertrieben hatte kehrte langsam Ruhe in Sachsen ein. Die Bevölkerung atmete auf und begann in den neuen Dörfern sesshaft zu werden. Thorsten und Matthias waren nun fünfzig Jahre alt, was für die damalige Zeit ein sehr hohes Alter war. Sie hatten viele gleichaltrige lange vor ihnen Sterben sehen. In den Kämpfen, an Krankheiten oder in den Hungerjahren waren viele umgekommen. Sie beide und ihre Familien hatten Glück gehabt. Bei Thorsten lebten von den acht Kindern immerhin noch vier. Bei Matthias von vier Kindern noch zwei. Damit lagen die beiden Familien aber sehr gut. Die meisten Kinder starben früh, und meist mehr als die Hälfte.

Thomas war als Franke immer noch mit Ursula in seinem alten Dorf, aber weit weg von all seinen Kindern und Enkeln. Er war schon im fast biblischen Alter von 64 Jahren und konnte nicht mehr Reiten. Daher konnte er die Familien in der letzten Zeit auch nicht mehr besuchen. Thorsten und Matthias ritten daher zu ihm und versuchten ihn zu einem Umzug zu bewegen. Gemeinsam mit Ursula konnten sie ihn überzeugen den weiten Weg auf sich zu nehmen.

Sie packten alle Habseelichkeiten auf einen Wagen und zogen los. Mehr als eine Woche waren sie unterwegs, da sie mit dem Wagen nicht so gut vorankamen. Die Strecke kannten sie ja noch von ihrem Umzug vor einigen Jahren. Sie mussten aber auf den festen Wegen und Straßen bleiben da der alte Mann sehr gebrechlich geworden war. Er konnte nicht mehr alleine auf den Wagen und auch nicht mehr alleine herunter. Thorsten ritt vor dem Wagen und Matthias lenke den

Wagen. Sie hatten auch zwei ihrer Söhne dabei die den kleinen Zug gegen Räuber und Wegelagerer absichern sollten.

Dem hohen Alter geschuldet übernachteten sie nur in guten Rasthäusern an der Straße und teilten sich die Strecke so ein, dass sie immer von Rasthaus zu Rasthaus zogen. Im Dorf hatten Gundula und Sieglinde bereits ein Haus so vorbereitet, dass die beiden alten Leute in ihrer Nähe wohnen konnten und es ihnen an nichts fehlen würde. Ihre Kinder hatten ihnen beim Einräumen geholfen.

Als nun Thorsten das Dorf wieder erreichte rief er schnell die beiden Familien zusammen. Danach brachte er das Pferd in den Stall. Die beiden Frauen mit den Kindern stellten sich am Eingang des Dorfes an der Hecke auf und warteten auf den Wagen und die Reiter. Nicht lange danach bog der Wagen vom Weg ab und kam auf das Dorf zu. Vor der Hütte stoppte Matthias den Wagen und Thorsten hob den alten Mann vom Wagen und setzte ihn auf die Bank vor dem Haus. Matthias half Ursula vom Wagen und diese setzte sich neben Thomas.

Die Kinder und Enkel begrüßten die beiden alten Leute und setzten sich mit auf die Bank oder zu Füßen der beiden Alten. Thomas ließ seinen Blick über die Kornfelder vor der Bank schweifen. Die vollen Ähren wogten im Wind hin und her. Er blickte auf die vielen Menschen um sich herum und dann zu Ursula. Dann sagte er mit Tränen im Blick zu ihr "Wir sind zuhause." "Ja ihr seid nun in eurem neuen Zuhause." antwortet Matthias und Sieglinde nickte zur Bestätigung.

Von Uwe Goeritz ebenfalls beim Verlag BoD erschienen (BoD – Books on Demand, Norderstedt, nähere Informationen finden Sie unter www.BoD.de)

"Der Gefolgsmann des Königs"

Die ISBN lautet: 978-3-7357-2281-2

"Die Geschichte spielt um das Jahr 950 im Volke der Sachsen in der Nähe des heutigen Magdeburg. Berthold ist als Oberhaupt nach dem Tod seines Vaters für die Geschicke des Dorfes verantwortlich. Zusammen mit seiner Frau Johanna, seinen Brüdern, seiner Heilkundigen Schwester Edith und den anderen Bewohnern im Dorf bewältigt er die täglichen Herausforderungen des Lebens in einer Zeit in der das Christentum und die Einigkeit des deutschen Volkes noch ganz am Anfang stehen. Als König Otto zum Kampf gegen die Ungarn ruft, werden Berthold und die Seinen auf eine harte Probe gestellt."

116 Seiten für 7,90 Euro

Aktuelle Informationen und Neuerscheinungen finden sie immer im Internet unter **www.Goeritz-Netz.de**